www.ingramcontent.com/pod-product-compliance
Lightning Source LLC
LaVergne TN
LVHW020444070526
838199LV00063B/4848
9788196054182

اپنی موج میں

(مزاحیہ مضامین)

مصنف:

آوارہ حیدرآبادی

Apni Mauj mein *(Humorous Essays)*

by: Aawara Hyedrabadi

Edition: February '2023
Publisher & Printer:
Taemeer Publications. Hyderabad.

ISBN 978-81-960541-8-2

کتاب	:	**اپنی موج میں**
مصنف	:	**آوارہ حیدرآبادی**
صنف	:	طنز و مزاح
ناشر	:	تعمیر پبلی کیشنز (حیدرآباد، انڈیا)
زیر اہتمام	:	تعمیر ویب ڈیولپمنٹ، حیدرآباد
تدوین / تہذیب	:	مکرم نیاز
سالِ اشاعت	:	سنہ ۲۰۲۳ء
تعداد	:	(پرنٹ آن ڈیمانڈ)
طابع	:	تعمیر پبلی کیشنز، حیدرآباد - ۲۴
صفحات	:	۱۲۲

فہرست

بسم اللہ

"حرفِ آغاز"

از عبدالماجد

"دیباچہ" ہوا، "تعارف" ہوا، "پیش لفظ" ہوا، خدا معلوم ان کی کتنی فرمائشیں صبح شام ہوتی رہتی ہیں۔ یہ سمجھیے کہ فرمائشوں کی ایک بھرمار لگی رہتی ہے۔ اور پھر اِن کے لئے کیسی کیسی سفارشیں، کس غضب کا اصرار، اور کِن کِن کے وسیلے اور واسطے!

اس اجمال کی تفصیل پر آیئے تو ایک مستقل داستان تیار ہو جائے، افسوسناک بھی اور ساتھ ہی بڑی سبق آموز بھی۔ شاذ و نادر کبھی کوئی ایسا مسودہ بھی ہاتھ آجاتا ہے، جس پر خود جی چاہتا ہے کہ کچھ لکھئے اور لکھ کر عزت مصنف کی نہیں، اپنی بڑھائیے۔ جو مسودہ اس وقت پیش نظر ہے، اور آپ تک اِن شاء اللہ چھپ چھپا کر پہنچے گا، وہ یقیناً اسی مرتبہ و پایہ کا ہے۔ خاک مارہرہ کی

علمی، ادبی، روحانی فضیلتوں کا معتقد ہمیشہ سے ہوں، ادبی کرامت کا قائل آج ہونا پڑ رہا ہے۔ یہ خبر نہ تھی کہ اب بھی کوئی لعل اس گدڑی کے اندر پوشیدہ ہے۔

یہ ادب وانشا کے 'انجمن آرا' نام کے حضرت "آوارہ" بڑے چھپے رستم نکلے۔ اپنا ان کا ساتھ بچپن میں ایک مدرسہ میں رہ چکا ہے۔ ذہین یہ اُس وقت بھی بلا کے تھے۔ کیا خبر تھی کہ ذرہ کسی دن آفتاب بن کر چمکے گا، اور آج کا گمنام کبھی ناموری کے آسمان کا تارہ بن کر نکلے گا!

دہلی اور لکھنؤ میں اب بھی بڑا بڑا 'اہل فن' اہل زبان پڑا ہوا ہے، لیکن زبان کے محاورات پر یہ عبور، ادب کے نوک پلک پر یہ قدرت، ہر فن اور ہر پیشے کے تلازموں پر، اصطلاحوں پر، استعاروں پر بے تکلف حکومت وساجقرانی کی یہ دولت اس وقت شاید ہی کسی خوش نصیب کے نصیب میں آئی ہو۔

میر باقر علی دہلوی مرحوم زندہ ہوتے تو یقیناً اس "داستان گوئی" کی داد دیتے۔ اور خواجہ محمد شفیع دہلوی اگر وطن کو داغ مفارقت نہ دے گئے ہوتے تو اس مہمان عزیز کو سینے سے لگاتے، آنکھوں پر بٹھاتے ؎

پاتا ہوں داد اس سے کچھ اپنے کلام کی
روح القدس اگرچہ مرا ہم زباں نہیں

میر ناصر علی (صاحبِ "صلائے عام") اور شمس العلما نذیر احمد، اور محمد حسین آزاد کی روحیں شاد ہو رہی ہوں گی کہ ہماری مسندیں ہمارے بعد خالی نہ رہیں۔

"چابک سوار" ہوں یا "بی بھٹیاری" "مصاحب" ہوں یا "بگڑے رئیس"۔
"رکابدار" ہوں یا "پہلوان" یا کوئی اور۔ ہر ایک کی تصویر ایسی دل کش،
ایسی جاذب نظر آپ کے سامنے آئے گی کہ لذت دید میں آپ خود کھو جائیں گے۔
اور یہ ربودگی اور خود گم شدگی دلیل آپ کی کسی کمی اور علامت آپ کے
کسی ضعف کی نہیں، ساحر کے کمال سحر اور آپ کے حسنِ تاثر کی ہوگی۔
خوان اُٹھ گیا۔ پلیٹ خالی ہو گئی، اور کھانے والے ہیں کہ ہونٹ چاٹ
رہے ہیں۔

زندہ دلی نام فحاشی اور پھکڑپن کا نہیں تضحیک و تمسخر کا بھی نہیں۔
اس کا صحیح نمونہ "اُردو" میں دیکھنا ہو تو "اپنی موج میں" کی ورق گردانی
کیجئے۔ اور دہلی کی سدا بہار، جیتی جاگتی زبان کا لطف اٹھانا ہو تو حضرت
"آوارہ" کی آواز پر کان لگائیے وہ آل انڈیا ریڈیو میں منسلک،
اور اپنی ذات سے خود ایک ادارہ ہیں۔ محکمہ پر اُردو دشمنی کے الزام کوئی
لاکھ لگائے، ان کا وجود بجائے خود ہر الزام کی تردید کے لئے کافی ہے۔

حضرت آوارہ اشتہاری آدمی نہیں، اور اپنی ذات کی "پبلسٹی" کے فن میں
تو شاید بہت ہی کچے، بلکل ہی انیلے ہیں۔ ادارہ فروغ اُردو لکھنؤ قابل
مبارکباد ہے جسے آج اِن کی تحریروں یا تقریروں، یا صحیح طور پر کیوں نہ کہئے
کہ ان کی لکھی ہوئی بولی کی اشاعت کا فخر حاصل ہو رہا ہے۔ ایسی کتاب کا
تعارف کرانا، ایک صورت خودستائی کی بھی رکھتا ہے۔ کہ جیسا اپنا
شمار بھی ادبی جواھر پاروں کے جوھریوں یا جوھر

شناسوں میں ہے۔

دریاباد، بارہ بنکی عبدالماجد
۱۲ر اگست ۱۹۵۴ء

آوارہ صاحب سے کون واقف نہیں! ہندوستان میں اور ہندوستان کے باہر لاکھوں ایسے ہیں جنھوں نے اِن کی آواز ریڈیو پر سنی اور بار بار سُننے کے مشتاق ہیں۔ آوارہ صاحب نہ صرف اپنی آواز سناتے ہیں بلکہ ایسے سیکڑوں کردار ہیں جو ان کی آواز سے سُننے والوں کے ذہن میں جیتی جاگتی شخصیتیں بن گئی ہیں۔ اپنی تقریروں، اپنے لفظی خاکوں کے ذریعے آوارہ صاحب نے ہندوستان کی ایسی قومی شخصیتوں کو اُن کی زبان، اُن کے روزمرہ اور محاوروں کے ذریعے زندہ کردیا ہے جو زمانے کی رفتار کی تاب نہ لاکر ختم ہوئی جارہی تھیں۔

قوم کی تمدنی، فنی اور ادبی تاریخ کو قائم رکھنے کے لئے عجائب گھروں میں قومی فن کاروں کے شاہکار محفوظ رکھے جاتے ہیں، تاکہ آنے والی نسلیں اُن سے لطف اندوز ہوسکیں۔ یہی حیثیت اِن قلمی خاکوں کی ہو جنھیں آوارہ صاحب نے اس کتاب میں "اپنی موج میں" کے نام سے محفوظ کردیا ہے۔

اب "چابک سوار" اور "مشاطہ" موجود نہیں ہیں، لیکن ان کی بول چال، ان کے فن کے کمالات کو لوگ اُس وقت تک یاد رکھیں گے جب تک

اپنی موج کو گھر گھر میں پڑھنے والے موجود ہیں۔

حسن صحت کے ساتھ آوارہ صاحب نے ہر کردار کے اپنی خصوصی اصطلاحات اور محاوروں کو جمع کیا ہے یہ انہی کا حصہ ہے، اور ان کے شاہدے، انسانی فطرت کے مطالعے اور خود اپنے حافظے پر دال ہے۔ ہر وہ شخص جس کو تمدنی ارتقا کی مختلف مثالیں عزیز ہیں اپنی موج کی ایک ایک موج سے ضرور لطف حاصل کرے گا۔

اس وقت تک اُردو ادب میں فسانۂ آزاد ہی ایک ایسی تصنیف تھی جس میں "آزاد" اور "حسن آرا" کی شستہ زبان کے ساتھ ساتھ "خوجی" اور "کبوتر باز" اور "بھٹیاری" کی زبان کو بھی نہایت صحت کے ساتھ بیان کیا گیا ہے۔ یہی رنگ آوارہ صاحب کی "اپنی موج" کے کرداروں کا ہے۔ "لالہ جی" ہوں یا "پنڈت جی" "کبوتر باز" ہوں یا "پتنگ باز" سب نہ صرف اپنی اپنی زبان میں بولتے ہیں، بلکہ اپنے اپنے احساسات، اپنے اپنے جذبات، اپنے خیالات اور اپنے ماحول سے لئے تاثرات کا ذکر بھی اس طرح کرتے ہیں گویا اپنے باطن کی تصویر، اپنے موج کے آئینے میں پیش کر رہے ہیں۔

"اپنی موج" میں ایک ایسا قومی شاہکار ہے جس میں دلّی سے لے کر بنارس تک کی سب زبانیں بولی گئی ہیں، اور وہ سب کردار موجود ہیں جن کی تصویر زمانے کے ہاتھوں مٹ جاتی اگر آوارہ صاحب کے باکمال ہاتھوں سے اُسے اس تصنیف میں محفوظ نہ کر دیا گیا ہوتا۔

مرزا محمود بیگ

۳۱ر جولائی ۱۹۵۴ء

مولانا عبدالماجد اور پرنسپل بیگ نے اپنی موج ..... اور اسکی لپیٹ میں خود مجھ پر اتنا کچھ لکھ دیا ہے کہ اب رسمی اظہار نیازمندی کے سوا میرے پاس کچھ نہیں رہا۔ اہل نظر بزرگوں کا شکریہ کہ اپنی گوناگوں مصروفیتوں کے باوجود میرے لکھے کو درخورِ اعتنا سمجھا، اور اپنے فرمودات سے حوصلہ افزائی کی۔

"اخفاءِ واردات" جُرم ہے۔ اس سے بچنے کے لئے مجھے اپنے شفیق محترم مسٹر کرشن شنگلو کا نام لینا پڑتا ہے۔ معافی چاہ کر عرض کرتا ہوں، یہ "گڑے مردے" میں نے اُن ہی کی ایما پر اکھاڑے ہیں۔ انھیں شاید "قدیانِ خود را بیفزائے قدر" نے اُکسایا ہو۔ کہنے کی بات نہیں، اُردو کے شیدائی ہیں۔

یوں تو اس "بے ادبی" کی نمائش پہ اکثر احباب کا اصرار رہا۔ مگر یہ فرقت کاکوروی تھے کیا معنی کہ ہیں، جن کے پیہم اغوا پر "اپنی موج میں" آپ کی نذر کر رہا ہوں۔ پسند ناپسند کی ذمہ داری پڑھنے والے کے سر!

نئی دلی آوارہ

"اپنی موج میں!"

بگڑے رئیس!

کبھی تھے، اب رسی جل گئی فقط بل رہ گئے ہیں۔
پیٹ میں چیونٹی نہیں، ڈکاریں بریانی کی،
رہنے کو پھونس کا چھپر، وہ بھی خیر سے سلامت نہیں، خواب
دیکھتے ہیں روشن محل کے۔ آپ ہیں بگڑے رئیس!

"اس میں کیا شک! گڑھیا والے نواب کا نام تو آپ نے سنا ہی ہوگا؟ یہ خاک سار اُنہی کا نام لیوا ہے۔ یہ تو کس منہ سے کہئے کہ مرحوم میرے ابا حضور تھے۔ تو وجہ کیا؟ باپ پر پوت پتا پر گھوڑا۔ بہت نہیں تو تھوڑا ہی تھوڑا، یہاں اس تھوڑے کا بھی توڑا ہے"۔ کیا عرض کروں کس کلّے ٹھلے

کے رئیس تھے۔ ایک وقت کو سات ولایت کا بادشاہ ہوتا، رعب کے مارے سر کا تاج ڈھلک جاتا۔ کڑی چتون سے پہاڑ کو دیکھتے لرزنے لگتا۔ پھر کلیجہ دیکھئے تو حاتم کا۔ ایک مرتبہ بھری محفل میں بھانڈوں نے مینڈک کی پھبتی کس دی تھی۔ پھڑک اُٹھے۔ آنار بازوؤں سے نورتن کی جوڑی بھانڈ کے بندھوادی۔ دھوم مچ گئی قدردانی کی۔ لندھن کیا معنی ولایت تک سے تار آگئے۔ کنکوے کا شوق کیا تو میاں ولائتی کے چھکے چھڑادیئے، ہات میں ماشاءاللہ سے وہ دم خم کہ جہاں چاہا جب چاہا، ڈور سے ڈور لڑائی، اور ایک اڑاتے میں حریف کا کنکوا قلم کردیا۔ کانپ ٹھڈا اور بادلے کی جھلجھل ملا کے ابا حضور کا کنکوا روپئے ستر ایک کی لاگت کا بیٹھتا تھا۔ سادی سے مانجھا، وہ بھی دس روپئے تولہ بنارسی ہنگ کا یوں کاٹ دیتے تھے جیسے تیغ نگہ سے عاشق کا دل۔ اور ڈیوڑھی کا وہ طنطنہ کہ درِ دولت کا سماں آنکھوں میں پھر جاتا تھا۔ آٹھ پہری بجتی تھی۔ اِدھر نوبت خانے میں شہنا ٹھنکی، اُدھر طرمچی نے منہ سے بگل لگایا رَپ رَپ کرتے دس بارہ تلنگے باناتی وردی ڈانٹے، کاندھے پہ سہ بندیاں دھرے آئے۔ پہرہ بدلا۔ بکٹ لگ گئے۔ مجال ہے پرندہ پر تو مار جائے۔ جلوخانہ شاگرد پیشہ سے معمور، چوبدار، عصا بردار، گنٹل دار پگڑیاں سر پہ، رومی بانات کی چکنیں پہنے، سنہری پٹیاں باندھے کمر سے خنجر لگائے۔ کوئی ہے کی صدا پر "حاضر، حاضر" کرتے اپنے عہدوں پہ گوش برآواز۔ اُدھر محلسرا میں غنچہ کھلا ہوا۔ خواصیں، مہریاں، کنیزیں، حبشی زلیسنیاں صحنچی سے دالان،

دالان سے شہ نشین تک یوں گھومتی پھریں جیسے فلک پہ سیارے۔ خود مسند پہ رونق افروز،۔ کمخواب کا زیر انداز۔ آپ پہ نقرئی لگن میں سجا ہوا پیچوان قسم پروردگار کی جیسے چوتھی کی دلہن۔ چلم پہ چاندی کا چنبر، جسکی کلغی پہ ناچتا ہوا مور۔ مشکی خمیرے کے دھوئیں سے ڈیوڑھی کا تو ذکر ہی کیا، سو سو گز محلہ طبلۂ عطار بنا ہوا۔ برابر کے دو چار رئیس بیٹھے ہیں۔ گنجفہ ہو رہا ہے۔ صبح طالع شد برآمد آفتاب، ہمراہ غلام۔ داستان گو حاضر ہیں، سن رہے ہیں اور داد دے رہے ہیں۔ کسی بندش پہ خوش ہوئے، توشہ خانے سے چار باغ سہ گزا شالی رومال طلب فرمایا۔ اڑھا دیا۔ پھر سنا کہ داستان گو سے دلالوں نے تین ہزار میں ہتیایا، اور پانسو کے نفع سے کسی فرنگی کے ہات کوڑے کر لیا۔ اور حضت، یہ تو دو ایک شوشے ہیں انکی ریاست کے، جو میں نے عرض کیے، ورنہ ان کا سا شوقین رئیس تو سچ پوچھیے دنیا تین سو ساٹھ جنم لے گی تب بھی نہ پیدا کر سکے گی۔ مجھی کو دیکھیے ان کے دھوئے کا دھوون بھی نہیں ہوں، مگر آنکھ کھلی دولت کی گود میں، اشرفیوں سے چھٹے بٹے کھیلا، پروان چڑھا تو انکا سایہ سر سے اٹھ چکا تھا۔ بہتیرا چاہا کہ ہات روکوں، پاؤں باہر نہ نکلنے پائیں، مگر چلنا ہی پڑا آخر کے تئیں ان کے نقش قدم پر چلنے کو دس پانچ شوق ان سے بڑھ کر ہی کیے مگر انکی گرد کو نہ پہنچ سکا۔ ایک گھوڑ دوڑ ہی لیجیے۔ ولایت تک بازیاں لگائیں، تار پر داؤ بدے، کسی نے ایک تو میں نے دس لگائے، ہارا تو سر صدقے مگر اخباروں میں نام نکلا۔ گانے بجانے کی سدھ ہی تو حضور ڈیوڑھی کی ڈیوڑھی اسی رنگ میں شرابور۔ پہرے کے سپاہی تک

گھنگھرو باندھنے لگے۔ گیدان ٹھیکہ دے رہا ہے، برقنداز سارنگی ریت رہا ہے، اور محلدار نرت کر رہی ہے۔ پھر بٹیر لڑائے، مرغبازی کی، کنکوا تو گویا ترکے ہی میں ملا۔ اس کا ذکر ہی کیا؛ البتہ جدت یہ کی کہ کنکوے کی بارات نکالی، میں کیا عرض کروں مخلوق پڑی ہے۔ پوچھ لیجئے، جس دن جلوس نکلا ہے راستے بھر آئینہ بندی تھی۔ شہر شداد کی جنت کا نمونہ بنا تھا۔ اور طمطراق کیا بتاؤں، ہوادار پر ریشم کا کنکوا، اس پر بادلے کا جمن کڑھا ہوا۔ کنّوں میں سچے موتیوں کے جھلے۔ کہ جب ملیں ایک ایک بالشت کی جھوٹ پڑے۔ صندل کی چرخی پر ڈور مانجھا۔ مانجھا بھی وہ قیامت کا تیز کہ پہاڑ کی چوٹی سے رگڑے تو ایڑی تک ایک کے دو کر دے۔ مگر ہے ہے، یہ عیش اس فلک ناہنجار کو نہ بھایا، نظر لگی، ڈھیٹ کھا گئی۔ گھر گیا، گاؤں گئے، وہ ریاست وہ امارت ہوا ہوئی۔ اب یہ ہے کہ لے دے کے یہ ایک انگوٹھی بچی ہے۔ چار ساڑھے چار ماشے اینٹ کی چاندی ہے نگینہ البتہ دو ہلکا ہے۔ صرافے تک جا رہا ہوں، سینگ لگ گئی تو حضور شام کے کھانے کی چٹنی نمک بالائی اور دو گلابی شیرمال کہیں نہیں گئے، کیا عرض کروں یہ نہ ہو تو حلق تلے نوالہ نہیں اترتا۔"

"اپنی موج میں"

مصاحب!

مصاحب! درباروں کی پیداوار، پیشہ ہاں میں ہاں ملانا، سر سہلانا بھیجا کھانا، بنی کے یار، بگڑی سے دو گولی کے پٹے پر، چاپلوس، چرب زبان، امیروں کے کھلونے رئیسوں کی جان، آپ سے ملئے "مصاحب"!

"کیا عرض کروں، آج سُبوں سُبوں در دولت پہ جو حاضر ہوتا ہوں، تو کیا طرفہ تماشا دیکھتا ہوں کہ اے ہے! یہاں تو بھیروں ناچ رہا ہے۔ سرا پردے سے لے کر شہ نشین تک بت جیسے دیکھئے، گونگی کا گڑ کھائے، منہ میں گھُن گھُنیاں بھرے، ہونٹ سئے، گویا چپ شاہ کا روزہ رکھے بیٹھا

ہے۔ منہ سے بولتا ہے نہ سر سے کھیلتا ہے۔ جس سے پوچھتا ہوں کہ اے بھئی ماجرا کیا ہے؟ یہ سب نے چپّی کیوں سادھی ہے؟ کیا معنی کہ ایک سانس کا ڈورا تو بے ٹنک کرکے چل رہا ہے، ورنہ جدھر دیکھتا ہوں شہر خموشاں کا عالم ہے۔ جسے دیکھئے تصویر حیرت بنا ہوا۔ تو حضور حسرت سے ایک دوسرے کو تکتے ہیں، منہ سے نہیں پھوٹتے۔ آگے بڑھا تو اور ہی طلسمات نظر آیا، یعنی خود بدولت مسند پہ رونق افروز ہیں۔ رنگِ رخ اڑا ہوا، ہونٹوں پہ پپڑیاں، پیچوان کی سٹک پڑی زانو پہ کھیل رہی ہے۔ خاصہ کہاں، ابھی اصل خیر سے حمام بھی نہیں فرمایا ہے۔ چاند کے گرد ہالہ۔ لڈن صاحب، اور حضور کی سلامتی میں آغا فرخ مصاحب، مسند کے حاشئے پر میر فرش بنے حاضر ہیں، فدوی پر نگاہ پڑی، آداب بجالایا۔ گوشۂ ابرو سے جواب تو دیا مگر آنکھ سے ٹپ ٹپ آنسو گرنے لگے۔ رخسار مبارک پر موتی کی لڑیاں بکھرنے لگیں۔ میں نے بڑھ کے عرض کیا "اے میں ان موتیوں پر نچھاور، دشمن مدعی کا منہ کالا، از برائے للّٰہ لب مبارک سے کچھ تو ارشاد ہو۔ ورنہ غلام تو آزاد ہوا۔ بند ملازمت سے تو کیا مجال، ہاں قید حیات سے ضرور خلاصی لے لے گا۔ اور سنکھیا چاٹ کر فرق مبارک پر تصدق ہو جائے گا!!"

بس حضور، ماہیِ بے آب کی طرح مجھے جو تڑپتے دیکھا، سمجھ گئے۔ ہی ہی واللہ کیا رئیس ہے عقل ہوش میں ارسطو کے پر کترتا ہے۔ اشارے سے پاس بلایا۔ میں کورنش عرض کرکے ہات باندھے لب مسند تک بڑھا۔ گلوگیر ہو کر فرمایا۔ کیا عرض کروں مڑیا کی سی آواز تھی۔ "بھئی تم نے شاید نہیں سنا

شیخ صاحب، شب کو میرے ہاں چوری ہوگئی" یہ سننا تھا حضور، یقین کیجئے پیروں تلے سے زمین سرک گئی، آنکھوں کی جوت ماند پڑگئی، ہونٹ بٹ گئے۔ حلق میں کانٹے پڑ گئے۔ ہات پانوں میں تھرتھری، خون سرد، حواس بکھر گئے۔ قریب تھا کہ غم کے مارے پھڑپھڑا کے دم نکل جائے، اور طائر روح قفس عنصری سے پرواز کر جائے۔ جو دستک دے کر آبدار خانے سے شورے کی صراحی کا آبِ خاصہ طلب فرمایا۔ اور صدقے جائیے ان کی کمتر نوازی کے، ساتھ ہی حکیم صاحب کو بھی طلب فرمایا۔ یہاں یہ کیفیت کہ اتنی ہی دیر میں گردن کا منکا ڈھل گیا۔ پتلیاں پھر گئیں۔ نبض میں فترہ پڑنے لگا۔ بارے ڈگ ڈگا کے کٹورہ بھر پانی پیا، حکیم صاحب آ گئے لخلخہ سنگھایا۔ دورقی جواہر مہرہ چٹایا تب جا کے دم میں دم آیا اور تولہ ماشہ حالت سنبھلی۔ فرمایا "بھئی قسم ہے دادا حضور کی لوح تربت کی۔ آج پتہ چلا کہ تم کتنے جاں نثار نمک حلال ہو، کیا معنی کہ ابھی پوری واردات بھی نہ سننے پائے تھے کہ جاں کنی کی نوبت آگئی، نزع کا عالم طاری ہوگیا! شکر ہے کہ شہر میں ابھی ماشاءاللہ سے اشراف زادوں کا توڑا نہیں ہے۔

میں نے عرض کیا" اس وقت نصیب دشمناں خود بدولت کا نڈھال چہرہ، اور یہ ڈبڈبائی آنکھیں دیکھ کر جی چاہا کہ اپنے ہاتھوں اپنی گھٹ گھٹی مسل دیجئے یا آنکھوں میں جلتی سلائی پھروا لیجئے کہ کانوں میں سیسہ پلوا لیجئے، اتنا بڑا سانحہ اور غلام کو جینے کی تمنا! اے بقسم کسی زندیق نمک حرام ہی کا کام ہوگا۔ جان بخشی ہو تو فدوی کچھ عرض کرنے کی جرات کرے، بھلا کتنے کا

مال لے گیا ہوگا مردک ؟ فرمایا" اماں کیا پوچھتے ہو، آدھا جواہر خانہ موس لے گیا۔ بیگم کے لئے ابھی الماسی جڑاؤ کے جھالے بنوائے تھے، پانچ پانچ ہزار کی فرد تھی۔ پھر نورتن کی وہ نایاب جوڑی کہ چشم فلک سے بھی نہ گزری ہوگی، جان پناہ نے خلعت پہ دادا حضور کو سرفراز کی تھی۔ کوئی ایک عدد ہو تو کہوں، تین چار ڈبے بھرے تو فقط انگوٹھیاں تھیں۔ پہنچے کے اکوں کا جوڑ۔ دیکھے سے نیند آنے لگے، ایسا ایسا نگینہ کہ آنکھ بھر کے ابھی دیکھ لے اندھا ہو جائے۔ چار چار چو کے موتیوں کا ست لڑا کہ ایک ایک موتی چودھویں کے چاند کو شرمائے۔ ستم تو یہ ہے کہ مال گیا تو گیا، شیخ صاحب، صدمہ اس بات کا ہے کہ لینے والے کا ابھی تک پتہ نہیں چلا کہ تھا کون ملاعون !!

اے حضور یہ سننا تھا کہ ایک دم جیسے دماغ میں از غیبی روشنی چمک گئی۔ سارا حال آئینے کی طرح روبرو آگیا۔ گویا جمشید کے جام جہاں نما میں دیکھ رہا ہوں۔ وہ اس کا چھت کاٹنا، اور کمند کے ذریعے توشہ خانے میں اترنا، وہ شمع جلا کر قفل توڑنا، وہ چھانٹ چھانٹ کے ایک ایک عدد نکالنا۔ اور باندھ بقچی، کمند پہ چڑھ فرار ہونا آنکھوں تلے گھوم گیا۔ اور میں نے عرض کیا" جان کی امان، غلام نے پتہ چلا لیا۔ واللہ کہ فدوی تاڑ گیا کہ یہ کام کس پاجی کا ہے، وہ نہ نکلے تو حضور سولی چڑھوا دیں۔ غلام کا زن بچہ کولھو میں پلوا دیں۔ وہی ہے وہی ہے، ہزاروں میں وہی، لاکھ میں وہی ہے۔ بے ایمان، فیلسوف، نمک سرکار کی سوگند، کتوں

سے تیری بوٹیاں نہ نچوا ڈالی ہوں تو اصل کا ورنہ بندوڑ کی اولاد" یہ سنتے ہی سب کے سب پھڑک اٹھے، اور بولے "سچ کہا آپ نے شیخ صاحب وہی ہوگا۔ کیا باریک بینی ہے! خوب بھانپا۔ مگر سرکار ول در بار و سے پردہ کیسا! نام تو لو اُس کا فرکیش کا" میں نے کہا" قربان جاؤں کفش مبارک کے صدقے میں پاک پروردگار نے آج آبرو رکھ لی اور اچانک جیسے اسکی تصویر آنکھوں میں کھینچ دی، اور واللہ کہ یہ بھی طفیل ہے اس در کی جبیں سائی کا ورنہ ہمہ شما کی عقل کہیں اتنے لمبے پہ جاسکتی ہے۔ یہ معلوم ہوتا ہے کہ جیسے شقی وہ سامنے کھڑا ہے پوٹلی دبائے" مگر گستاخی کرتا ہوں، اس مبارک موقع پر جب تک انعام نہ قبلوا لے گا فدوی لب نہ کھولے گا" نواب نے تبسم فرمایا، اور کہنے لگے" ہاں شیخ صاحب اب جد کی قسم دوشالہ اڑھاؤں گا، مگر شرط یہ ہے کہ بنا سوچے سمجھے کسی پر لم نہ لگا بیٹھے گا، جی ہاں، کل کلاں کو وہ نہ نکلا تو سارا عذاب میری گردن پہ ہوگا" بس حضور میں سنبھلا اور دست بستہ بے ادبی کی معافی مانگ بڑھا، جھکا، اور کان میں عرض کیا" پیر و مرشد جہاں تک غلام کی نگہہ نے کام کیا۔ ہو نہ ہو یہ کام واللہ کہ کسی چوبدار کا ہے۔۔ کھل گئے، اچھل پڑے، دربار میں واہ واہ سبحان اللہ" کا شور مچ گیا۔ فوراً جامہ خانہ کے داروغہ طلب ہوئے۔ قلم کار دوشالے کا خلعت ہوا۔ پھر فرمایا۔" اماں جبھی تو ہم ایسے جواہرات آدمی مصاحبت میں رکھتے ہیں"۔

"اپنی موج میں"

بٹیر باز

ٹھاٹھ ملاحظہ ہو

سر پہ نکے دار دو پلی ٹوپی، بدن میں جنت پڑا اونچی چولی کا انگرکھا۔ عرض کے پائنچوں کا پیجامہ۔ پاؤں میں کیمخت کی منڈھی جوتی، بائیں بازو کی کہنی میں سجی سجائی زنخانی کا بک۔ اُسی ہات کی گھائیوں میں دو نئے بٹیر دبے ہیں جن پر ریشم کا رومال پڑا ہے۔ سیدھے ہات کے انگوٹھے اور شہادت کی انگلی سے اور ایک بٹیر دبائے ہیں۔ کلے میں پان کی گلوری دبی ہے جسکی پیک سے بار بار بٹیر رنگا جارہا ہے۔ آئیے قبلہ

یہ تو ذرے کو آفتاب بنایا حضور نے ورنہ قبلۂ عالم، یہ ناچیز کہاں اور بٹیر کہاں! یہ ہے کہ حضور کا خادم ضرور ہوں۔ ہائے استاد تھے اور بشک کرگے تھے، کیا معنی کہ فن میں اکّے تھے۔ ہے ہے کیا تاثیر بخشی تھی پروردگار نے اللھم اغفر کے ہات میں کہ نوکار بھی نہیں، نیا بٹیر لیا۔ اپنے ہات کی دو چکھیاں دیں، اور سمجھ لیجئے کہ قیامت آگئی، حشر بپا ہوگیا۔ دس سال کے کریز سے دو دو ہزار کی بازی پہ شدکرا دیجئے۔ پلٹ کے بھی نہ دیکھے اور فیچ کر کے اڑ جائے۔ جان پناہ کے سامنے میز پہ پالی تھی۔ دودھ سی چاندنی بچھی ہوئی۔ اسپر کاکن کا دانہ جیسے سونے کا روا، جان پناہ سیفِ سلطانی ٹیکے استادہ۔ اردگرد مصاحب، جیسے ہالے میں چودھویں کا چاند۔ ششدر رہ گئے استاد کا جنگ پٹھا دیکھ کے۔ بٹیر تھا کہ الامان! اچھا ڈیڑھ بالشت کی بیل کا یہ اونچا جنور۔ سینے پہ رہئے بر بر سیاہ گل۔ کابک کی تیلی لینے ہی جو کھڑکی سر کودتا ہی تو الا اللہ امیز لرز گئی۔ یہ ماجرا دیکھ کے جان پناہ نے فرمایا: "بھئی عمدہ بٹیر لائے ہو یا سیمرغ! چونچ پنجے تر خیر خارا فگن ہیں ہی، آنکھیں دیکھئے کتنی افعی ہیں ظالم کی۔ اتنے میں استاد نے اللہ بخشے میز پہ ہلکی سی تھپکی دے کر کہا "پیش ملاحظہ، نگہہ روبرو، جان پناہ ظل اللہ سلامت، آداب بجا لاؤ" "لاؤ" کے ساتھ ہی جنگ پٹھا یا! تو لقہ کبوتر کی طرح تنا کھڑا تھا، یا اب جو دیکھا حضور، تو سر نیوڑھائے، آنکھیں نیچی کیے قدم قدم قاعدے میں، کہ چاپ نہ ہو، بڑھا اور آداب بجا لایا۔ پھر بڑھا اور مجرا عرض کیا۔ پھر چلا اور کورنش کی۔ ساتویں مجرے پہ جان پناہ نے مسکرا کے فرمایا

"میر عمدو، بہ تربیت غفراں سکان، تم نے تو بٹیر کو جنور سے آدمی بنا دیا۔ اور دربار کے داب آداب۔ بھئی سبحان اللہ۔ اور بھئی وزیر السلطان، تمھارا ہفت پیکر تو اس کے سامنے ایک چونچ بھی نہ ٹکے گا۔ نیل سے پٹھے کو لڑانے چلے ہو۔ پھر خود نادعلی پڑھ کر بٹیر پہ دم فرمائی، دو روپئے روز کا وثیقہ کیا، اور لال پردے میں تشریف لے گئے۔

تو سلامتی میں حضور کی۔ اسی در سے کچھ فیض مجھے بھی پہنچا ہے بخشی گنج سے آگے چار بیگھے ارہر کا کھیت پٹے پہ لے رکھا ہے۔ وہیں پھونس کی بنگلیا ڈال لی ہے۔ چراغ بتی ہوتے ہی پھندیتوں کی چھڑیں کھیت میں لگ گئیں۔ ساون کی اندھیاری جھکی ہے، اُمس ہو رہی ہے، جھینگروں کی جھنکار، مینڈکوں کی ٹرٹر ہے، چھم چھم پانی برس رہا ہے۔ اتنے میں رات بھیگی، پھندیتوں کی فٹ فٹ سے فضا گونجی، بٹیر پہاڑ سے اٹھے ہیں۔ اور رات کے سناٹے میں چیخ پیخ کرتے پرے کے پرے چلے آرہے ہیں۔ فٹ فٹ سنی، لد لد گرے، اُگول پر کا جنور، حد بھر کا شرمیلا۔ سرگ سرگ کے کھیت میں۔ رات بھر یہی ہوتا رہا۔ پو پھٹے ہانکا ہوا، دباؤ پڑا سمٹ سمٹ کر بھاگے۔ آگے تھا جال۔ بھڑکے اور اپنے ہی زور میں گردن پھنسا بیٹھے۔ دیکھا تو لٹکے ہوئے ہیں۔ پکڑا اور بھنکی میں۔ بٹیر لڑانے میں کتنے ہی پاپڑ بیلنے پڑتے ہیں۔ پنجاب اور ادھر ڑ ہیلکھنڈ کے شوقین تو خیر گھا گھر لڑاتے ہیں۔ ان کا کھیل ذرا بھدا ہوتا ہے۔ لڑائیے تو بس چنگ لڑائیے، موٹھ ہوئی، لگا چق چق کرنے اور چونچ مارنے۔ اب آپ نے دی

بھوک۔ چربی اتری، چستی آئی، دو تین دن رنگا خاصا تیلیا کا کریزی نکل آیا۔ کل یالی ہے تو آج جکھی ندارد۔ خالی پیٹ۔ صبح ہوئی، فرش بچھا۔ کا کن چھڑکی گئی۔ سکا بکیں کھلیں، بٹیر چھوٹے، جکھی پہ مڈبھیر ہوئی۔ دو دانے کھائے، مزاج گرمایا۔ تیور بدلے۔ اور پھر جو چونچ پنجے چلنا شروع ہوئے تو حضور دونوں بپھرے ہوئے۔ چقاچق چقاچق ہو رہی ہے۔ دھواں دھار لاتیں دھائیں دھائیں پڑ رہی ہیں۔ کبھی اِس نے قلفی کی تو اُس نے شہپر مارا۔ کبھی اُسکی چونچ پڑی تو اس نے لات جما دی۔ اور جو کہیں کیف کا کھیل ہوا تو بس ستم ہی ہو گیا۔ وہ کبھی مرحوم کے ہات لگا۔ چٹکی برابر چیونٹی چاٹ لے تو واللہ کہ سرور میں فیل نر کو مچھر سمجھے، اور ہنگھاڑ مار کر جب تک یالی باہر نہ کر دے دم نہ لے۔ ملک زمانی کے ہاں پچھلے اتوار کو احقر کا خار آنگاف میدان میں اترا تھا۔ میں نے تو حضور اس تھر کے ساتھ بٹیر کو لڑتے نہیں دیکھا۔ تو وجہ کیا؟ اُنہی جوتیوں کا تصدق تھا کہ ایک لٹی بھی ہوئی ٹوری۔ اور تیار ہو کر خانے سے برآمد ہوا تو واللہ یہ جان پڑے کہ خاقان چین چلا آ رہا ہے۔ رعب داب کی وہ کیفیت کہ قسم حضور کے قدموں کی، کابکوں کے بٹیر اندر ہی اندر پھڑ پھڑانے لگے۔ نہ جانے کتنے تو بوندے ہو گئے۔ شد ہوئی تو کس سے، استاد جھنگا کے بٹیر سے۔ وہ بھی کیا نام کہ اپنے وقت کے ایک ہی کلا نکار ہیں۔ میں نے کہا "استاد کیف کی سند نہیں، میرا جنور سوفی ہے، دیکھ لیجئے" بس حضور دونوں کا شد ہونا تھا کہ دیکھنے والوں کے سر میں جیسے لاکھوں گھنٹے گھڑیال بجنے لگے۔ ایک دم خار آنگاف پچھلے پنجوں ہٹا۔ میں تو سمجھا گیا بٹیر ہات سے،

مگر حضور اب جو سمٹ کر بڑھتا ہے تو بگولے کی طرح چھوٹا اور حریف کے پوٹے پہ لات ٹیک کے ایک جھنجھوٹ جو دیتا ہے تو استاد جھنگا کا رنگ فق، اور فیچ بول کے بٹیر جو پیٹھ موڑتا ہے تو لوگ دُم پالی سے غائب! تسلیمات عرض ہے۔

"اپنی موج میں"

مُرغ باز

اِن سے بھی ملئے ورنہ گڑگڑائیں گے، آپ ہیں "مرغ باز" بغل میں اصیل مارے چلے آرہے ہیں۔ اصیل کیا خاصا شتر مرغ کا بچہ ہے۔ ہتیارے کی آنکھیں تو دیکھئے خون ٹپکتا ہے۔ لڑنے کو تو مرغوں میں فینی بھی جھڑپ لیتا ہے مگر جسے لڑائی کہتے ہیں وہ اصیل ہی لڑتا ہے، اور ہے یہ کہ شیر سے بھی جیالا لڑتا ہے۔ مرجاتا ہے، منہ نہیں پھیرتا۔

بندہ پرور، آپ کا فرمانا مرے سرآنکھوں پر، مگر جو کبھی کہئے خدا کے لئے وہیں سے کہئے، میرے سائے میں نہ آئیے گا ورنہ پچھتائیے گا۔ بغل

میں اصیل نہیں ایک آگ بگولہ آتش کا پرکالہ ہے۔ بھنا کے گستاخی کر بیٹھا تو پھر مجھے اٹھانا نہ دیجئے گا۔ اور اس وقت تو اور بھی نیم چڑھا کڑوا کریلا ہو رہا ہے، یالی سے آرہا ہوں۔ آج ماشاء اللہ سے چشم بد دور ساتواں پانی تھا۔ تین اور ہو گئے، اور حضور سرخرو رہا تو سمجھئے محنت اسپھل ہوئی، گنگا نہا لئے۔ پھر تو حضور ہزار ہزار کی بازی پر مرغ تو کیا پدڑی ہے، مست ہاتی سے نہ کرا دیجئے گا۔ جیت نہ جائیے تو بہ توبہ کرکے عرض کرتا ہوں بڑا بول نہیں بولتا۔ میں اور میری تین پیڑھی مرغباز ورنہ تین دمڑی کا گھس کھدا۔

اور مرغبازی میں اب دھرا کیا ہے۔ نہ وہ مرغ رہے نہ وہ لڑانے والے رہے۔ ورنہ ان ہی اصیلوں کے انڈے عرب لوگ لاتے تھے، اور منہ مانگے دام لیتے تھے۔ ایک ایک جوڑی دو دو سو روپئے کو جاتی تھی۔ اور کہنے کو تو مرغوں کی نسلیں ایران ہوتی ہوئی بھی ہندوستان آئیں، مگر عربستان کے مرغ! اے سبحان اللہ! آگے بندھے خریدار اور پیڑھیوں کے مرغبازہی خرید پاتے تھے۔ پھر ان کے بچے۔ اے جل وصل ابھی گھرہی میں پھدک رہے ہیں۔ ابھی کہاں دال بھی نہیں چکھی، کلغی دکھائی دی۔ اور بڑھ کے مارا پنجہ! گردن سے کھوپڑی الگ وہ گری جا کر۔ دھڑ یہیں تڑپتا رہ گیا، اور حضور مرغ کا شوق پوچھتے ہیں تو کس نے نہیں کیا۔ شجاع الدولہ برابر لڑایا کئے، وہ فردوس مکانی ہوئے تو آصف الدولہ بہادر نے وہ مرغ لڑائے کہ بادشاہ، اور پھر نواب سعادت علی خاں کہ حد بھر کے جز رس اور مل کے

بیہ دینے والے رئیس تھے، پر مرغبازی کے وہ بھی بادشاہ تھے۔ ان کی دیکھا دیکھی اور کا تو ذکر کیا فرنگی مرغ لڑانے لگے۔ جرنیل مارٹین صاحب تک نواب سے بازی بد کے لڑاتے تھے۔ تو یہ میر اکیسری بھی حضور اُسی گھرانے کا ہے۔ اور پالنے کو تو فدوی نے ہزاروں ہی مرغ پال ڈالے اور کیا کیا نہیں پالے۔ اتار، الانگ، باج کھنڈے، بجھوے، اور جیتے رہیئے، تیلئے، تھوتھے، ٹیڈے، نکرئیے، اور سلامتی میں آیکی، جادے، جلاکھے، اور حضور دیکھئے جلےیمن۔ جنیا، جنوٹیئے، ببتے، چمیلئے، اور قبلہ حاجات، دودیا، دوباز، شرخے، سونا، تول، شرزے، عنابئے، طاؤسی، فرش دمے، کھجوریائے، لکھوریئے، گھاگھس اور گلباز، بھرکوا، منہیٔے، نک پوسکئے۔ مگر حضور ہر بھر کے الف ہی پر آگئے، یعنی لڑنے کے بادشاہ پالے اصیل۔ کیا خورشید لڑتا ہے کہ جی چاہتا ہے اُٹھا اُٹھا کے گلے لگا لیجئے ــــ دوٹوک لڑتا ہے اور سبے لاگ لڑتا ہے۔

عجیب نقشہ ہے اسکی لڑائی کا۔ کاری باز ہوا، دوانیوں میں دشمن اندھا چھوڑتا ہی نہیں۔ آنکھ کا تو دشمن ہے کافر۔ اور ہوا کنیل۔ تو پھر حریف کی اماں ہی دھونسا کھائے جو چڑھی کنیل کی انی سے کن پٹی سلامت لے جائے۔ اور ہوئے مزاج کے ہٹیت، خانصاحب تو پھر سبھلے سے جھلے اور جو پنج سنبھالی، مار مار، کاٹ کاٹ دوسرے کی دھجیاں بکھیر دیں۔ اور پھر مزے سے پھڑ پھڑا کے فرماتے ہیں گگڑ دل گدوں،

دکھنی مرغ اس سے کبھی کڑا لڑتا ہے۔ وہاں کانٹے نہیں باندھتے۔ اسکی جگہ جاقو سے چھیل کر برچھی کی انی بنا دیتے ہیں۔ لڑائی کا فیصلہ جھٹ پٹ ہو جاتا ہے۔ اور پھر حضور لڑائی کی تیاری میں غذا اور دیکھ بھال ہی کا سارا کمال ہے۔ ہات پاؤں اور بازوؤں کی مالش۔ پھوئی دینے، چونچ کانٹے بنا لے اور کوفت کے مٹانے میں کیا کیا اہتمام نہیں ہوتے۔ زمین پر دانہ چگ لیں کیا مجال! کہیں چونچ موتھری نہ پڑ جائے۔ دانہ بھی قبلۂ عالم ہاتھ پر چگایا جاتا ہے۔ زبانی کہاں تک عرض کروں، شوق ہے تو خداوند ایک دن پالی میں تشریف لایئے پھر دیکھئے لڑائی کی بہار۔ اپنے اپنے مرغ لگائے۔ کسی کے دو پالی کسی کے تین پالی ہوئے، پھویا دیا اور اٹھا لیا۔ کسی کا مرغ بڑھا۔ دو انیاں کھاتے ہی گاہی ہوا۔ حریف کے آگے تگنی کا ناچ ناچنے لگا۔ ناچتے ناچتے جھولا، اور گرا، تو اب لاکھ لاکھ پھونکئے تو کیا ہوتا ہے، مرغ صاحب تو دم دے گئے۔ پچھلے اتوار کو ہاں امیر مرزا کا مرغ پالی میں اترا تھا کیا کہوں کتنا حسین پٹھا تھا۔ ہاڑ ہڈی کا کتنا پاک! اندھے سے تھے، اُٹھا کے مغل کے کلباز سے جونچ ملوا دی۔ مغل بھائی نے پہلے تو طرح دی، پھر جو دیکھا کہ مرزا کا مرغ سر ہی ہوا جاتا ہے، کچ کانٹے تو تھے ہی، ایک دی انی گردن میں، اور دھر کے جو کھینچ دی تو پوٹا وو ٹا کیسا، آنتیں تک نکل پڑیں، آنکھیں نیڑ گئے، کچھ تڑپے، کچھ پھڑکے اور ٹھنڈے ہو گئے۔

اب اجازت دیجئے تھکا وا حضور ہے گھر جا کے سونا ہے۔

"اپنی موج میں"

پتنگ باز

"گھر پھونک تماشا دیکھنے والوں میں اول نمبر۔ پہلے جنگ اڑاتے تھے، پھر تکل اڑانے لگے۔ جنگ اڑنا ہی جانتا تھا، تکل اُڑی بھی، لڑی بھی۔ اس کو سجا بنا کر پتنگ نام رکھا۔ اس کی دھوم تھی کہ ایکا ایکی گڈی اور تکل گئی، اور اسی گڈی سے کٹ کٹا کے نکلا وہ ڈیڑھ کنا کنکوا جواب تک ہے۔ اب آپ سے ملئے، "پتنگ باز"

جی! اور جھکئے، چپ کیوں ہو گئے۔ مردک نے دو کوڑی کی کانپ چڑھا دی۔ کنکوا بدی کر رہا ہے۔ ذری شدھ کرلوں تو کچھ عرض کروں۔ مگر

حضور نے کیا نچوڑا ہے پتنگ بازی کو چار بوندوں میں۔ میں تو کہتا ہوں آپ نے عطر کنکوا کھینچ دیا۔ بے لا خطر کیجئے وہی کنکوا جو ابھی پیٹا دے رہا تھا، بگا ہوں نگا ہوں ہتھوں سے کنوں تک چلے جایئے آڑی ترچھی پڑیں تو یہ ہات قلم کرا دیجئے گا۔ اور یہ کیا کہا قبلۂ عالم کہ گھر پھونک تماشا دیکھتے ہیں۔ اے حضور، گھر پھنکتا ہے تو آپ کے سر صدقے، یہ تو کہئے کہ ایک کنکوے پر کتنے گھر پلتے ہیں۔ ہم تو حضور ہوا پہ ریپہ اڑا کے تماشا دیکھتے بھی ہیں، اور دکھاتے بھی ہیں۔ اَسّی روپئے سیر کی بنارسی نخ پر سُتا ہوا مانجھا کل چوک میں چار آنے پچوا بک گیا! جی اور کیا! شہر کے لونڈوں میں جس نے چار گنڈے زیادہ لوٹا گھر کا چولہا روشن ہو گیا۔ اور جو کہیں دو ایک کنکوے بندھا پائے تو سمجھ لیجئے، شیرو استاد کا ہاتھ ہے؛ تنکے سے کم نہیں اٹھتا۔ چلئے یہ ڈھلا بھی سر ہوا۔ دیکھئے یہ کل پتا بھی انہی کے ہاتھ کا ہے۔ کہنے کو گٹھیلے بانس کی کانپ ہے۔ اس پر بھی، کچھ استاد کے ہات کی برکت، کچھ اس ناچیز کی ٹھکی کہ خیال آیا اور کنکوے کا رنگ بدلا، تو وجہ کیا؟ عطائی تو ہوں نہیں۔ تین پیڑھی سے کنکوا گھر کا غلام ہے'

ادا حضور فرمایا کرتے تھے کہ چنگ سب سے پہلے دلی میں شاہ عالم بادشاہ کے زمانے میں اڑا تھا۔ اور تھا کیا؟ ایک تکونی قندیل ہوتی تھی، اس کے اندر تار میں بندھا تیل میں ڈوبا کپڑے کا گیند لٹکا دیتے، اور رات کو روشن کر کے ریشم یا سوت کی ڈور پر اڑاتے تھے۔ آج کل ہمارے

بچپن تک اڑتی تھی۔ اور حضور سنیں گے تو حیرت کریں گے کہ ایک تکل ایک سو سات روپئے میں بنتی تھی۔ ایں! بات لیجئے آپ ہنس رہے ہیں! اسے حضور جوڑ تو لیجئے نہ۔ دو روپئے کا کاغذ، ڈھیلی پہ منڈھ دیجئے جھلی سے اکیس بولے، ۔ اور حضور، آٹھ روپئے کا کانپ ٹھڈا۔ مرشد آباد نہیں تو پُرنیا کے بانس کا۔ تیلی، بھینسے کی کمر پر پڑ جائے اگر یا توڑ دے۔ کیا ہوا، بیاسی۔ اور سلامت رہے بیس روپئے کی جُھل جُھل، اور پانچ روپئے بنوائی کے۔ کہئے، ہوئے پورے ایک سو سات۔ یہ تو ہوئی ایک تکل۔ فرمائیے تو سہی ایسی پانچ تکلیں تھی کٹ گئیں، پانچ سوا پانچ سو یہ بتی پڑ گئی کہ نہیں؟ مگر ہائے! یہ کون دیکھتا ہے، یہ دیکھئے کہ ایک سو سات کی درشنی ہنڈی جیسکو مل گئی اس کے ہاں تو عید ہو گئی۔ وہ تو کہئے کنکووے نے خرچ ہلکا کر دیا۔ کیا معنی کہ تکل ہیں دو کانپیں اور ایک ٹھڈا ہوتا تھا۔ کنکوے میں سلامتی سے ایک ہی کانپ رہ گئی۔ اور اب تو جُھل جُھل بھی نہیں لگاتے۔ اللہ رکھے شہر کے رئیسوں کو اُس کی جگہ اب پتا لگاتے ہیں۔ کنکوا بھی ایک سے ایک رنگین بنوا ڈالا۔ الفن بگلا۔ بھیڑیا۔ پری۔ جدھر۔ چپت۔

اور گھر پھونک تماشا دیکھنے کی تو یہ ہے حضور کہ کنکوا نہیں ہوا پہ دیو لڑتا ہوں۔ دیکھئے وہ کسی کا کل پتا کیسے اراٹے لے رہا ہے۔ حضور یہ تو پیچ کا بھوکا دکھائی دیتا ہے! لے آئیے تماشا دیکھئے، یہ میں نے رخ لگایا۔ کہئے تو میں قطع دے دوں۔ اور کل پہ تے کے پیٹے پہ ایک سُتوال

ہات کھینچ جاؤں کھٹ سے اڑ جائے۔ ایں! وہ تو بھاگ گئے! — جی نہیں پھسکی تھی۔ وہ، وہ دیکھئے۔ ڈھیل مانگ رہے ہیں۔ گدّے کی آتا ہوں۔ اور پیٹے سے پٹیا ملا کے چار ہات ڈھیل کے دیتا ہوں۔ کھپ سے جاتے رہیں گے۔ ہے ہے یہ کل پٹیا تو کنیانے لگا۔ کہیں کندوں پر سے نہ چل دے۔ اے حضور وہ جھر جھرانے لگا۔ لیجئے وہ انھوں نے کھینچ شروع کردی۔ چلئے کیا ہوا، ہم تو اپنے چڑھے ہوئے ہیں۔ دوسرا بڑھے گا۔ اور ادھر کا منہ کرے گا۔ تب خبر لیں گے۔ مگر آج چار تکلے مانجھے کے اُچکے پر چڑھائے تھے۔ اوچھے تو نہ پڑیں، اور کوئی دھر کے سادے ہی پر داؤں کھیل دے۔ یہ مانجھا بھی حضور اس قیامت کا اکھڑتا ہے کہ سبحان اللہ سبحان اللہ!

روزوں کے دن۔ انتیس تاریخ۔ بادل چھایا ہوا۔ درزی سے دو دو منہ ہوگئے۔ خلیفہ کہنے لگے "حضت تیسا ہوگا، ایک روزے کا ثواب کیوں کھوتے ہیں!!" طبیعت کڑوی ہوگئی۔ آپ جانتے ہیں سدا کل پتا لڑاتا ہوں۔ ایک سُدھا سا نوشیرواں نکال، چرخی بھر مانجھا چڑھا، کوئی دس اُچکے تلیا وری تیار رکھ، میدان میں نکل گیا۔ خلیفہ ساتھ ہیں۔ پتنگ چڑھا، پروا چل رہی تھی۔ لمحوں میں بدلی کے اندر۔ آٹھ اک چرخی سادے کی چڑھی ہوگی کہ ٹھمکی کڑہی کر کے جو کھینچ پہ آجاتا ہوں تو سَن سَن ڈور چلی آرہی ہے۔ ایکا ایکی قدم جما کے اور دو ہاتھ جو کھینچ دیتا ہوں، ابر پھٹا اور چاند دکھائی دے گیا۔ میں نے کہا "خلیفہ عید کا مجرا لو"

"اپنی موج میں"

چابک سوار

آپ ہیں اور گھوڑا۔ دیکھ لیجئے صبح سویرے منہ اندھیرے سر پر صافہ، منہ پہ ڈھاٹا۔ چڑھی بندھی ڈاڑھی، بل کھائی مونچھیں، ساٹھ سے اونچے پھر بھی ٹانٹھے۔ چوبغلا پہنے، کمر کسے، دستے چڑھائے، دامن گردانے۔ دوشالا خوگیر پہ آدھی بغل میں۔ سجے سجائے چھل بل کرتے نکلے۔ گھوڑا ٹھیٹھ گجراتی کمیت دھر کاٹھیاواڑ کا۔ آٹھوں گانٹھ کمیت!

تھگام چلے۔ اکوائی کدائی۔ کاوے دیئے، اٹیرن پہ رکھا، توڑا موڑا۔ ایڑ دی۔ قدم۔ قدم سے دُل کی۔ ران دبائی پوئیا۔ ہوا بھری اٹھی کلیل۔ ایک "ہوں" کے ساتھ سرپٹ۔ اب ندی ہو کہ نالا، اونچا ہو کہ کھالا۔

گھوڑا فرفر آگے، دھرتی سرسر پیچھے۔ اور یہ ہیں "چابک سوار"

"اجی جناب، دس بیس کوس کی اتنی روند نہ ہو تو یہ ہیروں کا جانور بنجارے کا ٹٹو نہ ہو جائے۔ رئیس کی سواری کون کرے مزے سے گونیں لادے، ہاٹ ہاٹ نہ گھومے۔ ناگند بچھیرا ہے، یہی دن ہیں دم کس کی تیاری کے۔ اپنی سی تیاری کر رہا ہوں، سوارت ہوگئی، پھر دیکھئے گا یہی الٹی بچھیرا پہلی چال میں بجلی کو نہ مات دے۔ دیکھا تھا ابھی سرپٹ جاتے، سچ کہئے گا، نگاہ پہلے پہنچی تھی یا میرا "لال من"!

دودھ کے پہلے دو دانت گرے تھے۔ سب ہزار ہزار کے چار توڑے دیئے تھے۔ جَو کا دَلیہ۔ شہد ملا کر گھی اور بادام، گڑ، اجوائن، چنے کا دانہ، تنکا تنکا چن کر دُوب، اور جُتّے جُتّے دودھ جلیبی کھا کر جُبنا چلا ہے۔ کچھ اور نکھرے ٹکے لگا دوں۔ کئی نواب اور مہاراجہ سن سن کر للچا رہے ہیں۔ تین بیسی ساٹھ ہزار سے ڈبل کم نہ لونگا، کھلائی پلائی کا حساب الگ، یا لگ گئی رئیس اور پہنچ گیا کلکتے تو پھر گھُڑ دوڑ ہے اور بیٹا لال من۔ قسم سے روپیہ رولتے رولتے ہاتھ کالے اور گھر میں رکھنے کو جگہ کا توڑا۔ اور وہیں گنٹھا کوئی فرنگی، اور بے اڑا لال من کو لندن تو پھر سمجھ لیجئے کہ ہن برسا۔ اور آپ نے آج کیا دیکھا، کسی دن حکم ہو بیل کی چال دکھاؤں، کیا سدھا ہوا ہے زمین جاتا ہے۔ بیل نہیں چلتا، پانی پہ ناؤں جاتی ہے یا ہوا پہ اڑن کھٹولا۔ پیٹ کا پانی نہیں ہلتا۔ اور وہ سُکھ ملتا ہے کہ جی کہے شانے پہ سر رکھے

اور سو جائیے۔ شاہوں اور شہزادوں کی چال ہے کہ دُلکی۔ دم ہے تو آئیے کسی دن فلک سیری دکھاؤں، تیرے کھنچ بلوں کی بلہاری، بھونریاں نہیں۔ اگلے شانوں کے نیچے بجلی کے دو پَر لگے ہیں۔ اور جناب من —— لال من آند کہ اُڑا چلا جا رہا ہے۔

سچ پوچھئے تو ان باتوں کا لطف رئیس کے ساتھ ہے۔ یوں کہ بادشاہ ہے تو ہم اُس کے برابر، اور شاہزادہ ہے تو ہمارے جِلَو میں۔ محل سے نکلے رمنے پہنچے۔ شاہی رمنہ، ہرن، چکارے، چیتل، پاڑھے چھُٹے ہوئے۔ بھڑکے اور بھاگے، ایک کوتا کا بھالا تانا، آو گی جھنگی۔ گھوڑے سمٹے، اور چلے تو جیسے کڑی کمان کا تیر۔ وہ مارا۔ پرو دیا، اَنی پر اٹھا لیا، باندھ فتراک میں باگیں موڑیں اور محل میں۔ روز کی یہی بہاریں۔

کل کی بات ہے، مرشد آباد کے صاحبزادوں کو سواری سکھانے پر تھا۔ جو آیا کوئی فرنگی لاٹ۔ دربار کا مہمان ہوا۔ اتنا چوڑا چکلا لاٹ نہیں دیکھا۔ نیلی آنکھیں، مجھے غُرَج کر دیکھا۔ اور نہ جانے اپنی گٹ پٹ میں کیا کہا۔ اس پر ہمارے سرکار نے فرمایا۔ خانصاحب سواری دکھاؤ۔ استاد صاحب، دنیا کے بڑے، مشہور گھڑ چڑھے ہیں۔ عرض کیا جو حکم، مگر گھوڑا لاٹ سے چنوائیے۔ سرکاری گھوڑوں میں سب سے تڑا بڑا امنہ زور، بدلگام ایک شترغہ تھا۔ کافر نے چُنا تو اُسے چُنا۔ جو بارے سے چھڑ کر چلبلا، شیطان سے زیادہ شریر۔ چمکارا، تھپکا، اور رہرنے پہ ہات رکھتے ہی پیٹھ پر تھا، بہت چمکے، بڑی بگدھڑیاں کیں، مگر ران پہچانی رام ہوئے۔ سرکار کو آداب

بجا لاکر ایک ٹبری لے گیا اور لوٹ آیا۔ سلام کیا تو میاں فرنگیوں نے تالیاں پیٹ دیں۔ سرکار مسکرائے اور لے لاٹ کو یہاں سے وہاں تک پوری ٹبری دکھائی تب جاکے سمجھا۔ ارے یہ تو ہلال بناتے گئے تھے، بدر بناتے نوٹے۔ کیا مطلب، ادھر سے چلا، سُم کا اکہرا نشان پڑا۔ اُدھر سے لوٹا سُم پہ سُم الٹا رکھا۔ دُہرا ہوگیا۔ گنے تو پورے چودہ قدم تھے۔ شرعنہ نہ تھا موم کی ناک تھی جدھر چاہا جیسے چاہا الٹا پلٹا موڑ لیا۔ سرکار سے تین پارچے کا خلعت اور سونے کے کنگن عطا ہوئے۔ لاٹ نے فکرے کی دو سطریں لکھیں۔

ہاں خوب یاد آیا۔ لال من کے گُن سُنے ایک آدھ اوگن بھی تو سنئے، کوئی تیوری بدل کر دیکھے تو سہی: پچھلی ٹانگوں پر الف ہوکر وہ ٹاپ رسید کرے کہ چندیا بچی ہوکر سینے میں اتر جائے، بھیجا بہا بہا پھرے۔ اب ذرا ان پر کھریرا مالش کرنا ہے، تھان کے لئے تلملا رہے ہیں اجازت دیجئے۔

"اپنی موج میں"

کبوتر باز

کنکوے کا میدان دیکھ لیا، اب ہے گھر کی چھت، اور
ہات میں چھیپی، چہرہ ہونق، نظر آسمان پر آپ ہیں "کبوتر باز"۔
گولے چڑھے ہیں۔ دو سو کی ٹکڑی "تاوے کھا رہی ہے۔
سیٹیاں دے رہے ہیں۔ زفیلیں مار رہے ہیں۔ "آؤ آؤ"
کی پکار ہے۔ اُدھر صیدی نے تال میل کرایا، ٹکڑیاں لڑیں۔
اِدھر انکی زفیل سنی۔ کائی سی پھٹ گئیں۔ اور اِن ہی میں
ہوا کوئی انیلا گیگلا ٹھا۔ اپنی بھول، انکی میں جھنٹ گیا۔ پھر
کیا تھا چھتری پہ ٹکڑی اُتار، پھیڑ کے چار دانے ڈال، چھپکا
مار، پکڑ، گدّی باندھ، چل بیٹا کابک کے اندر"

اب یہ اگلے پچھلے تو گنا ئیے نہیں۔ صاف صاف کہئے کہ بڑے آکا تھا را کھیل دیکھنے آئے ہیں۔ یہ جھنڈے پہ چڑھا کر آپ مجھے شرماتے کیوں ہیں! اس نام سے دو مٹھی پر لئے بیٹھا ہوں، شبوں شام گھر میں ایک ذری رونق ہو جاتی ہے۔ ورنہ سچ پوچھئے تو میں کبوتر باز کی جوتی کا نقش بھی نہیں ہوں۔ کبوتر باز وہ تھے کہ دو سو تاروں کی ٹکڑی سدھائی تھی، ادھر ڈنکے پہ چوب پڑی حضرت جہاں پناہ ابوظفر بہادر شاہ لال حویلی سے برآمد ہوئے، اُدھر استاد نے چھکی دی، ٹکڑی اڑی، قطار در قطار، شہپر سے شہپر ملائے ہوئے اور سواری پہ سایہ کرلیا۔ یہی ایک کیا، سُنئے گا تو ششدر رہ جائیے گا۔ جی یہ تھے کبوتر باز کہ لے کے دو پٹھے، ایک کا سیدھا، دوسرے کا الٹا باز و کھٹ سے قلم کیا۔ ڈنڈے سے ڈنڈا ملا۔ رگ سے رگ، پٹھے سے پٹھے کا جوڑ ملایا۔ اور ٹانکے لگا، مرہم کی پٹی چڑھا، مومیائی کھلادی۔ صدقے تیری کبریائی کے، ہات کی صفائی کہئے کہ استاد کی کرامات، انگور بھرے، خون دوڑا، اور حضور چلا کبھی نہ بیتنے پایا تھا کہ دنیا نے وہ عجوبہ کبوتر دیکھ لیا جسے دُہریا کہتے ہیں۔ اور ستم دیکھئے کہ انہی کی ٹکڑی سدھائی۔ چھتر منزل میں نصیرالدین حیدر بادشاہ ہوتے، دلارام کی بارہ دری سے ٹکڑی اڑتی، اور دُہریئے کندے جوڑے سامنے سنہرے پر اتر لیتی۔ خوش ہوتے اور مٹھی بھر بھر اشرفیاں انعام دیتے۔

لے آپ بھی کیا یاد کیجئے گا۔ یہ گرہ باز دیکھئے۔ کابلی ہے۔ غزنی کا ایک پٹھان دو انڈے لایا تھا۔ انڈے نہ تھے، دو موتی تھے۔ اور

چھلکے کے اتنے پاک شفاف کہ اندر سے زردی جھلکتی تھی۔ بہر صورت جانچ
لیجئے کہ اب بچہ پڑا۔ اتنا بڑھا، یہاں تک کہ کھڑکا۔ اور بچے نکلے۔ کیا عرض
کروں بچے نہ تھے پری زاد تھے۔ میری آنکھوں خاک۔ کوئی ہفتے دو ہفتے
میں بڑھے ان کے دو ہی دن میں کلیاں چھنٹ آئیں۔ قد نکھرا، قامت
ابھری میں نے پیار کے مارے پیروں میں پینجنیاں ڈال دیں۔ اب سنئے
کہ انہی دنوں ایک موٹا سا جنگلی بلاؤ بڑا منہ مار ہو رہا تھا۔ محلے بھر کے
کبوتر اُس سے چوٹ کھا چکے تھے۔ چھتوں چھتوں آ کر یہاں کبھی لاگو ہو گیا۔
داؤں لگایا بھی تو کس پر۔ چھٹانک چھٹانک بھر گوشت، مکے دولو تھڑوں
پر۔ آخر کے تئیں نہ رہ گیا، کا یک یہ بزن بول ہی تو دیا۔ سنئے پھڑ کے
اور پھڑک کے جو اُٹھتے ہیں تو حضور کس کا بلا کہاں کا بلا۔ کا یک [illegible] ہی
لے اڑے۔ بس ایک بارگی زمین سے اٹھی، اونچی ہوئی، آنکھوں آنکھوں
دالان سے نکلی، کوٹھے تک پہنچی۔ چھتوں سے بڑھی اور اب جو دیکھا تو سائیں سائیں
سائیں کرتی چلی جا رہی ہے! یہاں تک کہ آنکھوں سے اوجھل ہو گئی۔ مگر
سبحان اللہ، کہنے کو چار دن کے ریزے تھے، پر ایسے تہ آشنا کہ دوسرے
دن جو دیکھتا ہوں تو کا یک آسمان سے اترتی چلی آ رہی ہے۔ پڑ دس میں
اچھے مرنا بانکے تھے، یہ واردات اُنھیں نے بھی اپنی آنکھ سے دیکھی
تھی۔ تو حضور اُسی جوڑے کا یہ نر ہے۔ ٹیکرے اور تر تُستی کو ٹوٹھ سے
جاتے دیکھا ہو گا، آج اس گرہ باز کو دیکھئے۔ لیجئے یہ گیا وہ چلا! وہ اُٹھا!
ہے ہے غضب ہو گیا۔ بھری آئی ہے کیا سناٹا مار گئے۔ اے سبحان اللہ،

وہ ماری غلطلک، وہ دیا بھری کو جھولا، وہ سٹا، وہ ڈوبا! اے لیجئے پلک نہ جھپکی اور تارہ ہو گیا۔ کیا اصیل جنور ہے! دیکھا حضور نے؟ ادھر کیا دیکھتے ہیں، یہ پانی بھری ٹکمن رکھی ہے، اس میں دیکھئے۔ ملاحظہ کیا، مجال ہے گھر کی سیدھ سے انچ بھر تو ادھر ادھر ہو جائے۔ اب دن مُندے آئے تو آئے، ورنہ کل پرسوں تک چھتری کا رخ کرنا اِن کی ذات میں حرام ہے۔ مادہ انڈوں پر ہے، پاس نہ جانے گا۔ شہپر مارتی ہے، کلائی چٹخ جائے گی۔

ہاں گولوں کا گنج نہ دیکھئے گا؟ کبھی تو سو تاروں کی ٹکڑی اڑاتا تھا، اب دس پانچ رنگ ہی رہ گئے ہیں۔ مگر حضور ہیں بڑی آبرو کے، الف سے لے کر بڑی "ے" تک گِن چلئے، دو چار کی تو عرض نہیں کرتا باقی فدوی کا کبوتر خانہ نہیں ابجد کی تختی ہے۔ ملاحظہ کیجئے۔ اصیل، بِنّے ببرے، بغ بغے۔ بلکی، پاموز، پٹیت۔ پُھل سرے، توئے، ٹینی، جوگیا چپ۔ چوپا چندن، خال، خمیری، خوردنو کے، خرقہ بند۔ دوباز، رَتلے، روغن، ریشم پرے، سبزہ، شیرازی، غفوری، کیمرے، کابلی، گگی، گلوٹے، گھاگھرے، لوٹن، لقے، نفتے، نساورے، نکھی، ہرتے، اور حضور یاہو۔ یہ ہوئے چھتیس، انہی سے چھتیس ہزار رنگ نکال لیجئے۔ یہ شیرازی ملاحظہ کئے آپ نے؟ سچ کہا، جھوٹ موٹ کے معلوم پڑتے ہیں۔ ناپ لیجئے ماشاء اللہ سے پورے گز بھر کی بیل ہے۔ اور یہ گگی سبھی حضور نایاب ہیں۔ بازوؤں پر گل ہیں، کہ مینا کیا ہے۔ اور قد تو وہ بوٹا سا لائے ہیں کہ چار انگل کی چوڑی سے کورے نکل جاتے ہیں۔

لیجئے آپ کے قدموں کی برکت سے وہ میرا کابلی آ رہا ہے۔ وہ ہے دیکھئے کالا سا دھبہ۔ لیکن میں دیکھئے حضور۔ وہ اس نے کندے جوڑے، دیکھئے وہ آرہا ہے جیسے از غیبی گولہ۔ دیکھ رہے ہیں آپ! وہ غلطاک ماری، وہ ایک اور! سبحان اللہ، پھر سنا، وہ آیا، وہ آیا، وہ اترا چھتری پہ! اے حضور کابلی آ گیا، مجرا عرض کرتا ہوں!

"اپنی موج میں"

مُقدمہ باز

کچھ نہ پوچھئے' لڑتے ہیں' لڑاتے ہیں' گر چت بھی اپنی' پٹ بھی اپنی۔ کام دھام کچھ نہیں، سویرا ہوا، کھایا پیا' چل کچہری کو۔ وکیلوں کے اڈے جھانکے، محرروں کے پھیر دیکھے، وہاں سے اکھڑے تو دیوانی سے مال، مال سے فوجداری؛ اس سے چھوٹے تو سیدھے کورٹ آف وارڈز۔ ابتدائی سے اپیل، اور رِٹ سے پھانسی تک ہائی کورٹ کی نظیریں ہونٹوں پر۔ قدم پہ ضابطہ، بات میں پینل کوڈ۔ تھانیدار سے تحصیلدار تک سب سے دعا سلام۔ رہے آس پاس کے بنئے بقال اور چھوٹے موٹے زمیندار

کاشتکار۔ وہ گھر کی کھیتی ہیں، آپ ہیں مقدمہ باز

"وہ تو میں ہی گول ہو گیا اور میں نے کہا جاؤ لالہ۔ چچا پکارتا ہوں' چھوڑ دیا، مگر یاد رکھنا، کبھی کو بھول جاؤ، ایک سو ترانوے میں دھرا دیتا تین مہینے رام بانس کوٹتے، دو دو من آٹا پیستے۔ تو لالہ یہ دھڑی بھر پکا کچے ماس کا تھا، جو پیٹ پہ تھل تھل کرتا پڑا ہے، گل کے پانی کے رستے بہ جاتا۔ اور کنفیلی اتار کے لالہ چوکھے رام جی تین لاکھ کی پکی حویلی سے چھوٹتے تو قسم ہے بھیا کی میونسپلٹی میں پھر سے حلیہ لکھانا پڑتا۔ اور اسی میں نبسیا ایبر سے حبس بے جا کی رپٹ کرا دیتا۔ اور پٹواری سے بیان حلفی دلوا کے جرم کے دو گواہ کھڑے کر دیتا۔ چھ مہینے کی باشقت اور ٹھکتی۔ چلو چھٹی ہوئی۔ خیر چلو یہ ٹیپ کون سی سستی پڑی۔ چار سو میں پٹے اور بے دخلیوں میں سال بھر کی میعاد بڑھ گئی۔ ہات تیرے کی! اور ہم سے گھٹی کرے گا سارے ایسے ایسے قانونی پینترے تو ہماری گھٹی میں پڑے ہیں۔ چچا تم ڈال ڈال ہم پات پات! اپنا اپنا داؤں ہے۔ دیکھا، ایک ہی گھائی کھولی تھی جو چت ہو گئے۔

اے صاحب لینا ایک نہ دینا دو، میں اپنی موج میں کچہری چلا جا رہا ہوں، جو نجانے کیسے دیکھ لیا، منیم کو تپ پیچھے دوڑایا، گیا۔ سلام کیا۔ کہنے لگے آؤ بیٹھو منسی جی، چا، بھجا منگاؤں؟ نا ئیں پیتے تو جان دو، اولا ایک بات بتاؤ۔ ہم نے کہی کہ جبسے جون کو مہینو سر کبے پہ آئے گئو۔

اڑھائی تین سو بے دکھلی جو پڑی ہیں سو ہنکو سرِاجام کا ہوئے گو؟ ارے میں نے کہا چچا سو کون سا بِروی کونسل لڑنا ہے۔ فردیں دے دو، فارم منگا دو، نالشیں دائر کرادوں گا۔ کہنے لگے، آج کو کام کل پہ اُٹھائے رکھنے کی کون سی پوتھی میں لکھی ہے۔ بھتیجے تم بڑو کہا تو تو اَبھیں سے کی جاؤ۔ اور آرم بچارم کی جو پوچھو، سو بستہِ بھر تیار دھرے ہیں، منیم بی پہنچائے دِنگے اب ایسی میجان نٹھاؤ کہ آج بِچیس، کل بھئی چھبیس، سو بڑ گتوؤ اِتبار۔ یا کو چھوڑو، پرَوں تک لکھا پڑھی ہوئے جائے، اور دس بجے تُوں اِدھر پرگنہ کے ڈپٹی اَرجی سال نکر وائیں اُدھر پچھو اوپر اڑھائی سو بے دکھلی سِگری داکھل ہوئے جائیں۔ طلبانو، محنتانو اور ٹکٹ پیکٹ کو حساب بنائے لیئو، پرَوں دے دلاکے نِر جُو ہئے جانگے۔ اور تمھاری لکھائی پڑھائی کو جو خک حکوک ہوئے گو، سو دیکھی جائے گی۔ جے مرجاد تو بھتیجے تم اپنی مانو۔ ہم تو اپنی جان ڈُلی سے اتر کے تمیں نائے سمجھتے۔ جیسو بڑو للّو تیسوئی تم۔ اور بھتیجے جے جمیندارہی اور ساہوکاری تو اب ہم پہ ساتھ ساتھ نائیں چلتی۔ روجینہ کی کائیں کائیں۔ آج برکھا نائیں پڑی، کل کھیتن کو پالا مارگئو، کاہو نے کھیت کی مینڈ کاٹ لئی کا ہو نے نہر کو بمبو کاٹ اپنی رَبّی سینچ لئی۔ اور جے ہے کہ اپنے ڈُلی تو نکلے سُسر کو نڑکے کو نڑ، اَبھیں تو سود کو سالینہ بیکار نونائیں جانتے، گھوڑیا سجائے لئی ہے، سو دن بھر بابہ ڈولت گھومنگے۔ تو بھیاجے مالو تو منسی جی ہار دو کرائے دیو۔ بندھی گانٹھ جمیندارہی کا ہو کو دبائے دیو۔ نگد بٹے ہجار لُنگو۔

بکایا نائیں چھوڑنگو۔ ہاں کاغج بھاگج اور رجسٹری کو کھرچو آدھوں آدھ ٹوائے لنگو۔ اب تو کاہو جتن سے جج بے دخلی ڈگری کرادے۔ ہجار ن کی بکایا پڑی سوکھ رئی ہے، بھیج گئی تو ممدربو۔ ڈنک جانو پڑے گو۔ منن کھچا ہے تے جائے گو"!

میں نے سوچا بے دخلی تب بھی دوانی لگائی بھی لالہ نے دی تو چالیس ایک پیسے پڑے سے ملتے ہیں۔ رگھو سنگھ بنام قیصر ہند کے عرضی دعوے کی اجنٹ نقل لینا ہے سندھن تک لڑے گا۔ ساٹھ لاکھ کی مالیت کوئی گڑیوں کا کھیل نہیں ہے۔ اُدھر پتو لال بزاز کے مقدمے میں صفائی کے دو گواہ توڑنا ہیں، دو کو جرح میں اُڑا چکا ہوں، چلو مالک نے لالہ کا چھپر پھاڑا، اور رقم ہتے چڑھ گئی۔ سب کا خرچ پائی اُٹھا کر، دس پانچ بچ ہی رہیں گے۔ سوا ان میں گرہ سے چار چھ ڈال، بڑے داروغہ سے کنکوے کے دو دو پیچ لڑ جائیں گے۔ روز چھیڑتے ہیں۔

ارے صاحب میں نے حامی بھرلی، اور کہا "لے چلتا بنا۔ رات کو فردیں لے کے بیٹھا، موضع موضع، محال محال، کھیت کھیت چھانٹا، فارم بھرے، اور دوسرے دن ٹھیک دس بجے لالہ کے تعلے پہ دے پٹکے۔ خرچ کی فرد دیکھ، روپے لگانے، گنے، پھر گنے۔ ایک ایک کر کے بجائے، پھر منیم سے گنوائے۔ پھر فرد سے ملائے تب جا کے ملے۔ میں چلا تو کہنے لگے "فسی جی ٹکٹ ٹھیک لا کے جہیں لگیو مت کچہری میں کچھوا دو بچ پیچ ہے جائے۔ صاحب یہی گیا۔ اجی حضرت جب سارا کام ٹھیکن ہو گیا تو کیا

دیکھتا ہوں کہ لالہ نے تھیلے تلے ہاتھ ڈالا، اور مٹھی بھر پیسے نکال مجھ سے کہنے لگے "لیو نہ بھتیجے، ان کا میٹھا پھیٹا کھنو۔ اے جناب آنکھیں پھٹی کی پھٹی رہ گئیں۔ چُپ، اسوچا، سوچا، پیسے لیکے جیب میں ڈال لئے۔ چچا، میں نے چلتے ہوئے کہا، فردوس کا مقابلہ کر لیجئو۔ رات بھر آنکھیں سُجھائی ہیں۔ فارم بھر گئے، کھاتے سے نہ ملا سکا۔ یہ سنتے ہی لستہ بھر سر مارا۔ کہاں تک کہوں، کچہری کھلتے ہی نالشیں داخل، تاریخ پڑی، سمن نکلے، پٹواری طلب ہوا، کاشتکار آئے، ڈپٹی آیا، پکار ہوئی، اور مقدمے پیش! ڈپٹی نے فرد دیکھی، 'چھمن ولد بکھا، ا بیر، کھیت منبر ۶۲، بچاس بیگہ پختہ، موضع ملا نپور، محال نگرہ بنجارہ'۔ پٹواری نے کھتاونی، کشتوار، جمعبندی اخسرہ الٹا، سب کچھ ٹھیک، پر کھیت کا نمبر ۶۲ - "خارج"!

پھر جو خارج ڈسمس کی ہوا چلی تو دس منٹ میں مطلع صاف۔ میں نے کہا "اور دولالہ، اڑھائی سو بے دخلیوں کی لکھائی گیارہ آنے تین پائی"۔

"اپنی موج میں"

زمیں دار

زمیں دار۔ ایک وہ، جنکے پاس زینداری ہوتی ہے۔ دوسرے وہ، جو زمینداری کرتے ہیں۔ لگان وصول۔ مال گزاری داخل، موٹا کھایا، موٹا پہنا۔ تان کے لمبی سوئے۔ بہت ہوا کبھی کبھی ڈپٹی کا اجلاس، تحصیل کا چپراسی دیکھ لیا۔ یہ تو ہوئے پہلے۔ رہے دوسرے ان کی بانگی دیکھئے

جی، بچوں کا کھیل نہیں یہ زمینداری۔ اماں کو نرم چارہ سمجھ کے چاب چکے تھے اب مجھ پر دانت ہے۔ اچھا، بہت اچھا۔ کہاں گئے منشی جی۔ ارے

کوئی ہے؟ منشی جی کو بلاؤ — آپ بھی عجیب بہلول ہیں، بات پوری نہیں سنی، اور چلتے بنے۔ دیکھئے آج جمن والے مقدمے میں جرح ہوگی نہ؟ لکھ لیجئے۔ وکیل سے کہہ کر ڈاکٹر سے یہ سوال ضرور کرائیے گا کہ دودھ میں قلمی آم کے پتوں کا رس تھا یا تخمی کے؟ یاد ہے کچھ؟ ایں آپ تو اونگھ رہے ہیں۔ اجی جناب آپ نے قلمی کا نام اُس کے منہ سے نکلوالیا تو سمجھ لیجئے بیس بسوے دعوا ڈگری ہے۔ ورنہ مدعا علیہ ہارے گا تو پھر بھی عرضی دعوے کا فقرہ (۴) کمزور ہو جائے گا۔ فقرہ چار یوں ہے "اور یہ کہ مسمی نہنگو مدعا علیہ کی بھینس نے چار درخت انبہ قلمی دس سالہ قیمتی مبلغ چار سو روپے جڑ پیڑ سے کھائے۔ ٹھونٹ تک نہ چھوڑا۔" سمجھ گئے؟ غضبِ خدا۔ دو فصلیں ہو گئیں۔ اب تک میرے آم بہار دے چکے ہوتے۔ اہو ہو، منشی جی دعوی ابتدائی ہے، تاوان کا اسٹام لگا کر فوراً دعوے میں ترمیم پیش کروا دو۔ کیا سمجھے منشی جی؟ کچھ نہیں؟ منہ کھولے میرا منہ تک رہے ہو۔ بھئی عمر گزر گئی پیروکاری مختاری کرتے، ذرا سی ترمیم کو سوچ رہے ہو؟ ارے بھئی فقرہ چار کا ضمن دو یوں درج کراؤ — مگر نہیں منشی جی، دوسرا دعویٰ ہوگا۔ وکیل سے منت کر آج دو برس کے ثمرے کا بھی دعویٰ ٹھونکتے آؤ۔ نہیں نہیں کر کے بھی اِن چاروں بردوں کا سالانہ پڑتا ڈیڑھ سو روپے فی درخت پڑتا ہے۔ تو چار ڈیوڑھے چھ سو کا تنت دعوا کر دو۔ ارے بھئی چھ سو کیسے بارہ سو ہوئے نہ؟ دو برس کا مطالبہ ہے۔ خرچ کی فہرست اور عرضی دعوے کا مسودہ لیتے آنا۔ خبردار۔ اور ہاں یہ بھائی صاحب سے

بٹوارے کا حکم ہوئے تین مہینے ہو چکے، عذر داری، اپیل در اپیل کی میعاد بھی گزر گئی اور ابھی انھوں نے بٹوارے کے قرعے داخل نہیں کئے۔ میں ایک نہیں ہزار بار کہہ چکا ہوں، اور منشی جی تمھاری تو کیا میں اماں کی ایک نہیں سننے کا۔ برابر کا آدھوں آدھ بٹواؤں گا۔ قانون گو کے سامنے۔ چھت کی کڑیاں ہوں کہ شہتیر۔ دروازے آگے کا چھپرا کاٹھ کباڑ۔ برتن، زیور، شیشہ آلات سب آدھا آدھا۔ یہ نہیں کہ کوئی عدد پورا بٹے۔ استغفراللہ! قرعے بنانے والے کا سر بار لٹھوں کے پھڑوا دوں۔ نہیں؟ کٹے بیٹے کے لوٹے بیچ سے آدھوں آدھ لوں گا۔ اور منشی جی، بھائی صاحب نے اس میں مین میکھ نکالی، بھیا قسم صدر تک نہیں چھوڑوں گا۔ دیوانی فوجداری اُلیج کے ڈال دونگا۔ ابھی میں لے تمھارے ہاتھ ہی کہلوایا تھا کہ بھائی صاحب یہ گھر چھوڑ دو، میں اس میں کبوتر خانہ بنواؤں گا۔ پھر کیا ٹکا سا جواب ملا تھا، کہ بھئی باوا جان کا بنایا ہوا بیٹھکا ہے، اس میں یہ خرافات نہ ہونا چاہیئے۔ خوب! تو اسکا مطلب یہ ہوا کہ وہی سگے تھے اور باوا کا جایا میں نہ تھا۔ ارے صاحب ایک توے کی روٹی کیا چھوٹی کیا موٹی۔ بس منشی جی اب جاؤ وقت ہو گیا۔ اور ہاں دیکھنا یہ بجکوڑ یا اہیر کے ہاں سے مقررے کا بھوسا نہیں آیا۔ نہ اب کے سر کے گھڑے تم پہنچے۔ شامت سنے تو نہیں گھیرا ہے؟ آدمی بھیج کر فوراً منگوائیے۔ سال کے سال اچار اب تک نہیں پڑا ہے۔ اندر ناک میں دم کر رکھا ہے۔ لے اب دس بجا چاہتے ہیں۔ جرح میں میرا سوال نہ کرایا تم نے منشی جی اور دعولی

ڈسمس ہوگیا۔ تو سمجھ لیجئے باوا کی تربت پہ ہات دھر کے کہتا ہوں کہ اُسی منٹ تم برطرف، اور پھر چاہے علاقہ برباد ہوجائے، چاہے گاؤں پہ گدھوں کے ہل چل جائیں۔ سنتو باندہ کے پیچھے پڑوں گا اور رحمٰن والا مقدمہ لندھن تک لڑاؤں گا۔ کہدیا ہے میں نے۔

"اپنی موج میں"

کرخندار

آپ ہیں "کرخندار
دلی کے کاریگر۔ لوہے سے سونا تک گڑھتے ہیں صدیوں
سے دلی رہتے ہیں، ان میں زرگر بھی ہیں اور ڈھلئے
بھی سنار بھی ہیں اور سادہ کار بھی۔ چھلنی اور بالٹی بھی
بناتے ہیں، تانبا اور پیتل بھی ڈھالتے ہیں۔ دلی کی دنیا
ان کے دم سے آباد۔ آپ ہیں کرخندار

کاہے کے کرخندا۔ وئی بابو جی۔ آجکل تو بڑی خرفست میں جان ہر۔ کام دیکھو تو چھو ہو گیا ئے۔ لالہ کے بجاز الگ انٹیا پہ رہئے ہیں۔ سب

کرخنداروں سے الگ خرفت الگ اُٹھانی پڑرئی ہے۔ کل خلیفہ شدو کے سنگ ذرا شکار کو چلا گیا تھا۔ سووال بی جھنجھٹ اِچ جھنجھٹ رئی۔ خلیفہ کی چھڑی تم اَخین کرنا سو رپئے کی تھی۔ کیتے تھے پان پان سیر کے رہیو ٹیلیوں گا۔ سوکچوا لگا کے ڈالنے کی دیر تھی۔ وستے میں وِ دَر کوئی کچھوا تاک لگائے بیٹھا تھا۔ لے کے چارہ جو بھیری ہوائے تو چھڑی تک گھسیٹ لے گیا خلیفہ شدو منہ دیکھتے رہ گئے۔ شیخ بن محمج کی ریڑ اُٹھانی پڑی۔ آج آپ کے اگاڑو نامحروم کھڑا ہوں۔ دس جنگا کام کو گیا، جو دیکھو یئی کئے رِیا اسے، وَئی کرخندار تم کوئی اور رستہ دیکھو ہم نے تو مشین کھڑی کرلی۔ اچھا دَئی میں نے کیا۔ اللہ پاک نے منہ چیرا اسے وہی رِزخ بی دے گا۔ ہے کہ نیں بابوجی؟ گھر کی بنگم صاب ہیں وِنوں نے الگ ناک کی پھلنگ میں دم کر رکھا ہے۔ اب دیکھیو میں نے کیا بُرا کیا۔ وہ بابو نکھے ہیں نا؟ وہ جن کے سوئی والوں میں کندے کشتی کا کرخانہ ہے۔ بچارے آٹھ دن سے چکر لگا رئے ہیں۔ وے بی کاریگروں سے لاچار حیران ہیں۔ کوئی اناڑی پوٹیا تھا۔ دیکھا آدنہ تاؤ ذلدی میں آن کے تاؤنی بڑھائی نیں بھٹی میں دھر کے دَبلق میں دے دی پھٹاخ سے جندر جا تا رِیا۔ بابو اُنکی کا تار اتارنا کوئی دِلگی ہے۔ تولے ہیں ساڑھے تین ہزار گز کا تار ہوتا ہے۔ اور بابوجی اِدھیا بی تو ایک سے نکمے رکھ چھوڑے ہیں دِنوں نے۔ پیلی دھولوں مزدوری لی، اور ہات جھاڑ الگ ہوئے۔ یہ جادہ جا۔ یہ تک نہ دیکھتے کہ دَئی پٹ تو بارے میں پھنسی نا رہگئی ہے۔

بیدِ ھیاوِن سے زیادہ تخلّسیں کرے ہے۔ بیری بار اتو وِسکو سیدھا بنانا آئے نئیں اے۔ جنتر کیا بنائے گا۔ جدسی اربی پڑرئی اسے تخدیر کی۔ وِلات سے آخوت کے بارے آنے لگے ہیں۔ اب بٹھو دیک کے شیرے کے مٹکے میں۔ سو بابو ننّے یوں حریاں پھررئے ہیں۔ دوسرا اُبلق مل نیں رہا۔ بچارے روزیانہ سُبوں تڑکے آجاتے ہیں۔ وِنوں نے جو آواز دی تو یہ بیغم ساب کہنے لگیں، خدا کی سنوار ابھی منہ بی نہیں دھویا جو تمھارے چھیتے آنے لگے۔ میں نے کیا وئی کیا آفیت اے۔ لیک کے ذلدی سے ایک پان لگادو، میں بابو ننّے سے ملیاؤں۔ اِس پہ وِسکے اور مرچیں لگ گئیں۔ کہتی کیا اِسے، آگ لگے اِن ننّے بابو کے دم کو۔ سُبوں دمی سُبوں کِل کِل کو آجائے ہیں۔ جاؤنئیں بناتے پان وان ہم وِن کے یا تمھارے تابے دار ہیں؟ اِسپہ میں نے کیا "دیکھ سیدھی تریوں سے پان لگادے، نئیں تو قسم سے یہ جوتی کھینچ ماروں آ۔ سسری نائی کی بیٹی اِسے۔ جو قینچی کی تریوں زبان چل رئی ہے۔ اور ساب یہ سیفو اور اِشاخ دونوں لمنڈوں نے الگ جلا رکھا اِسے، کہ میں تو حریان ہوگیا ہوں۔ ابے کال جارِیا تھا۔ یا دیکھو ہڈّیں پسلی قسم سے ایک کردوں آ۔ ہاں۔ کدی کو اور کوئی بھرتے میں ہو۔ کیوں بے وہ بتیس کما سوت اتارا؟ بیٹا یاد رکھو گیارہ سو گز کی پوری کھیائی لے لوں آ تب آج گڈی اڑانے کو پیسے ملیں گے۔ اور وہاں، دیکھو دلّان میں تاخ ہے، وِس میں افورہ اور چکّو ہے۔ سب ناداں بی وِسی میں اے، واں سے ناداں لے لے۔ اور چھبو قسائی سے اخنی کا گوش لیجو۔ وہ

جو مَنزت کے پچھاڑو کی تلے والی دُکان ہے نا، وِسی سے لیجو۔ اور ہاں وسوگی بر تبر میں تنا خود والا ہے، سو وِس سے دو آنے کا کڑا اتنا خو لیجو۔ نخالص لائیو۔ ماندل ہو۔ ذرا تقادسے سے بن لیا؟ اور دیکھیو جو دروز قبوتر والا ہے وِس سے کہیو کہ اب تو بہت حریان گتی ہو چکی۔ یہ سب کام کرکے ذلدی آئیو، کدی کو ایسا نہ کیجو کہ لمڈوں کے آگے چغندیں اڑانے میں لگ جاؤ۔ ہاں بے دیکھیو وہ سیفوا کدھر اِے؟ وسے میرے پاس بھیجے جائیو۔ اجی بابو جی کیا کہوں اس لمڈے نے عجیب تریوں کا مجاز پایا ہے۔ گھر میں تو وِس کا تلوا لگتئی نئیں۔ وِس دِنا شادی کے تلاؤ پہ تیتر لڑانے گیا۔ سو اب آریا اے رات کو۔ شا تو پہلوان سے لڑ بیٹھا۔ وہ تو کہو خلیفہ بُندو آڑے آگئے۔ نین تو اُڑان بجنے کی اکھیڑ میں بیٹھ جاتا، اور ساوزادے اگاڑی پچھاڑی ٹولتے اِی رہتے۔ کون سیفوا؟ ابے کیا ہولے ہولے آریا ہے۔ ٹنگریوں میں دم نئیں رَیا کیا۔ بابو جی پوچھو تو اِس سے کہ تو اب تک تقادسے کو کیوں نئیں گیا۔ بابو جی میرا بس تو لے بادلا دَبکیا لئے بیٹھا اِے۔ دو مہینے سے، پھر ساب کِلا اسے کرخندار کا۔ کون دبکیا؟ اجی وو اِی پٹوں دار بال جو بکھرائے پھرسے ہے۔ کدی کیتا ہے جا ٹھا بننے کو گیا اسے؛ کدی کیے ہے گُندا جوڑی بننے گئی اِے، اب پوچھو دَبکیّ کوئی ایک دِنا ان میں بنی جائے ہے۔ ہاں بے، بول کیوں نیں ریا اسے؟ کہا تھا تار کے مُنہا لے بنانے بنا لے۔ سو اس کان سُن وِس کان اڑا دی۔ چاندسے کا دنبالہ الگ، دال الگ لوٹا پڑا

والے۔ وِس تک کو تو نے ہات نَیں لگایا۔ مُنہ چھپائے چھپائے پھر رہا اے۔ جاؤ بیٹا تیتر کا بنجرا میرے سرہانے ٹانگو، اور دیکھو تیتر کو ہات لگایا اور میں نے تجھے آنخ کرا۔ بابوجی ٹیم ہو لیا اب جا رہا ہوں!"

"اپنی موج میں"

پُربیا

بھور کا تارا جھکا اُٹھ بیٹھے، جنگل گئے، کلا دتون کیا، اجلی دھوتی بدلی کرتا پہنا، ٹوپی دی، کمر سے چدرا باندھ لٹھ سنبھالا، سر سے دو مٹھی اونچا، چلم تماخو، ٹریل اور ابٹی میں کچھ پیسے رکھ، گھر سے نکلے اور چلے پکے دس کوس ضلع کی کچہری، گھومے پھرے اور لوٹے تو" سنجھا بریا" گاؤں کی چوپال۔ ایک پُربیا!

کا بتائی ہو، مار گھومت گھومت آج گوڑ پرائے اُٹھے۔ اسی رام دین نے کے ہم کا مجم کیر جنہ کرائے پٹھے رہیں، تون جائے کا پڑا۔

ناہیں تو روج روج تھانے کیر پیکر ما کرے جائے ہمار سینگ! یاک
بریا بڑا دروگا ہمکا پر جی ڈانٹے کھاتر بلائیس رہے، تون ہم چوکیدار
تے جون سپھینہ لاوا رہے، کہہ دیہا۔ اے کہ اب آئے تون آئے گیو،
دوسر کھن ہم تمہار منہ نہ دیکھی۔ ناہیں تو نے کے لکھبا چھر سائین ڈر با۔ اب
رام دین دادا تے کون اُجر چلے۔ تو دیکھو ٹھاکر، سکوا اٹھا رہے، بھور
ہوئے گئی رہے۔ یکڑ ڈگر سودھے پہنچن تھانے۔ یاک سپاہی آئے کے
پوچھیس، گوری ٹھاکر کون ہے؟ ہم کہا "کہو ہمار ناؤ ہے ٹھاکر گوری سنگھ
چوہان۔ کہیس، چلو، بڑے دروگا کی پیشی ماں"۔ گئین۔ بوڑھے رہیں گوڑ
بھیلائے۔ یہو نہ جانین کون کو کرا دا، کہ ہمریا کیر ٹھاکر گوری آئے ہے۔
سپاہی کہئے لاگا سلام کرو۔ وہو کہا۔ تون بڑے بڑے کا کہت ہے، اُنئے
وارِی بات ہے کہتوں۔ آئے کہ جائے کے بیٹھو ہواں، ابھیں ہمکا پھرست
نائیں ہے۔ دوئی نبجے یاد تم کا بلاوا جائی۔ ہم کہا "اور ہمرے لگھن کیر بن
بست کو کرِ ہئے، ہمکا تو بلائے رہو دس نبجے، اور تم کا پھرست نائیں ہے،
تو ہمیا ہموں کونا ہیں ہے۔ یہ سنتے گوڑ ٹپکے لاگ۔ اور کا جنے کا گٹ
پٹ کئے لیس ہم نرمل پیتے چلے گئن۔ وہ سارکھت چلاگوا۔ پھر ہم کہا
لاؤ جارمنی آرڈر بھار مرنے آئی چل کے۔ جمیں دار کیر لگان بھیجے کا ہے۔
جلاّ کیر ڈاک گھر! کا بتائی ہو۔ جان پرے سنگھنیا جس کتکی کبر سیلا لگائے
دہن گوا ہے۔ بھارم نے کے، ہم ستوا لے گئین۔ ہیں، تون گھور سے گرِ دال
پیا، تب جائے کے دیہہ ماں ٹھنڈائی پری۔ سلیھا تما کو شاسٹ چڑھائے

کیے بیٹھ رہیں، آتے ماں گھابر ری۔ تھانے دار ہم کا لے گوا'۔ جَون
کچہری ماں سکھیا لاگ ہیں، ہُواں۔ اور کہس، آتے منشی ٹھار ہیں، اِن
ماں تم دُرجن پیا کا چینھت ہو ٹھاکر؟ ارے ہم کہا وَہُ ہے سار دُرجنا
جَون منہ پر انگوچھا لپٹائے ٹھار ہے۔ وہ رِسے گئے سَرو۔ ہم کہا درو گا جی،
بن پَرسے تون ایکا سات برس کے لئے سنگوائے دیو۔ کہن اِیہے لیئو۔
پھر ہمکا کھرچ کھوراک کا آنہ دِہن دیں۔ اور کہن آسے کہ ٹھاکر اب
درجنا کیر چلان ہُوئی ہے۔ ڈپٹی کی کچہری ماں، ہُواں تم کا بلائے کھاتر
اِتلا پہنچ ہے۔ تون تم کا آئے کا پری۔ ارے ہم کہا 'تہار ڈپٹی کہاں
رہت ہیں، ہم کا بتاؤ، ہم ابھیں کہہ آئی۔ آسے کہ ہم درجنا کا چینھ لین ہی۔
وہئے ہے جَون گاؤں ماں ہے۔ تون درو گا ہمرے سنگ چپراسی کئے
دِہن۔ ہُواں پہنچن۔ ڈپٹی میاں نبلٹے ننگے مُونڈ بیٹھ رہے ہئے۔ کونوں گدمہ
ماں دُوئی ڈبلو جُٹے رہیں۔ کبھوں وہُ ڈپٹی اُور جھپٹیں، کبھوں یہ اُن کی
اُور جھپٹئے۔ دوگر گجیا اس گُتھے پڑے۔ ہمکا چھوٹی ہنسی! آتے ماں
آسے پڑے ڈپٹی کمشنر۔ ارے ہم کہا یہ لیئو۔ اَبھیں تو بار یونائیں جھکے۔
ڈاڑھی مونچھ سپھا پڑی ہے۔ ایکا ڈپٹی کمشنر کون بنائے دہس۔ کونو
کہت رہے دو ہجار پاوت ہے۔ ہم کہا اتنا ڈھیر پیٹیائے جائے کے
کا کرت ہوئی ہے۔ دیکھو تو بہنت ہے جار لتا۔ دوئی ٹکے کچہری آسے
مکے چار آسے کہ پانچ کا گدم اُلٹ پُلٹ گئے کے، انٹ سنٹ گودگاد
چل دھرت ہے۔ ہمکا دیکھو، پھر ہمرے تے دو پہریا۔ دو پہریا سے تے

سنجھا بریا ہوئے جات ہے، تب جائے کے کہوں۔ بگیا بھر جمین جوت باوت ہیں۔ اور بھیا کا بتائی کا کا دیکھا۔ ہمار جیو نا ہیں لاگا، بہی اتار رلٹھ ماں ٹانگ لیا۔ اور بھر کے شلیھا، سٹرک پکڑی۔ جُندھیا اُگت رہے، ہم اپنے بروٹھا ماں پہنچ گئن۔!!

"اپنی موج میں"

بانکے

ترچھے ترچھے چُنّت دار انگرکھا پہنے، سر پہ ٹکے دار دوپلی جمائے ڈھاٹا باندھے چلے آرہے ہیں۔ ایک ہی اودھم، بات پہ کٹّوں سے جاتے ہیں۔ ہوا سے لڑتے ہیں، جیسے بنا جھگڑے ہیں۔ تیوری پہ بل، نتھنے پھولے ہوئے، مونچھوں کو تاؤ دیتے، اینڈتے بررتے، کمر کسے، پٹیکے کی جوڑیں، کٹار، پیش قبض، سروہی بغل میں، ہاتھ میں بھرا گٹا فرا بنچہ۔ ادھر خاصے اونچے بنے ہوئے، اُدھر یہ بیچ دھج کہ آدھا سر منڈا ہوا۔ آدھے بال شانے پر، یا چوٹی گندھے سینے پہ لہراتے۔ پیڑھیوں کے شریف زادے۔ سوتے

جا کتے، اٹھتے بیٹھتے چلتے پھرتے یہی رنگ۔ یہی وضع۔ مزاج کے کڑوے تنتنا مزاج۔ خواہ مخواہ مارنے مرنے کو تیار۔ پھر بات کے دھنی، زبان کے سچے، قول کے پکے۔ کمزور کے حمائتی۔ دلی میں بنے۔ رنگیلے پیا کے منہ چڑھے۔ مغلوں کی شمع گل ہونے لگی، ادھ چلے آئے۔ وقت نے یہ بساط بھی الٹ دی، سماج کا نقشہ بدلا۔ ساتھ ہی یہ بھی ختم ہو گئے۔ فقط نام رہ گیا۔ وہ بھی کچھ بڈھوں کی زبان پر، کچھ پرانی روائتوں میں۔ آج ہم گڑے مردے اکھاڑتے ہیں۔ اور غالبؔ کے بقول ؏

خاک میں کیا صورتیں ہوں گی کہ پنہاں ہوگئیں

آپ کو اگلے وقتوں کے ایک بزرگوار سے ملاتے ہیں جنھیں کبھی کہتے تھے "بانکے"

"جی ہاں، رنگ بچے کی گستاخیاں تو دیکھئے آپ کو واللہ۔ اے حضرت جب نکلتا ہوں، زندیق، عف عف کرکے منہ آتا ہے۔ ایک دن دیکھا، دوسرے دن طرح دی، تیسرا کے پھر بھی صبر کیا۔ چوتھی بار نہ جھیل سکا، سامنا ہوتے ہی اُٹھا کے قرابینچہ جو جھونک دیتا ہوں، قسم پروردگار کی جو برابر نہ ہل سکا، وہیں ڈھیر ہوگیا مردک۔ لاش کی لاش، آنتیں نکل پڑیں گڈامڑ کی۔ میں نے کہا "اور ہو جئے گا شریفوں کے سر۔ بندہ پرور یہ فدن بانکا ہے۔

اور حضرت اٹھتا ہے تو اپنے کس بل پر جی میں آیا تھا۔ سروہی نکالوں، اور ایک چیر میں کافر کو شل خیار تر دو پارہ کر دوں۔ بدلا ہی تھا پینترہ جو استاد مرحوم یاد آ گئے۔ ہے ہے! کروٹ کروٹ پہ جنت۔ فرمایا کرتے تھے "فدن یاد رکھنا فولاد کا منہ ناپاک کے لہو سے نہ دھلانا۔ ڈورا اتر جائے گا وقت پر تلوار رخ نہ کرے گی، دغا دے جائے گی۔ بس اس خیال سے میں نے ملاعون پر ہات نہیں ڈالا۔ ورنہ ڈاب کا ایک وار خدمت میں عرض کرتا۔ دُم سے کلّے تک دو قاش ہو کر خون میں لوٹتے دکھائی دیتے۔ مگر سبحان اللہ کیا جما ہوا پینترہ تھا کہ اب بدلتا ہوں تو ایڑیاں زمین میں دھنسی ہوئی، پنجے دو دو انگل اندر اترے ہوئے۔ وہیں سے ڈھائی گھر کے پینترے پہ قرابینچہ سر کیا۔ چلّو بھر مدھوسا ہی ٹکے بھرتا ہوں، بارود بھی فرنگی کی وہ بجلی دیتا ہوں کہ گرم نگہ سے پیلے کو دیکھ لوں، ہنگ چاٹ جائے اور تختے کا تختہ زمین کا لے اڑے۔ حضرت دھڑاکا ہونا تھا کہ پٹ سے سامنے کا دروازہ کھلا اور فیل مست کی طرح جھومتے ہوئے اندر سے نکلے وہ شتّدن مرزا جن کے بانکپن کی ایک عالم میں دھوم ہے۔ ہزار ہزار ٹکورئیے سونت سونت کے ولائتی، تیغوٹ پہ آ جائیں تو قسم ہے کہ مرزا بانا ہلاتے سو دو سو کو زمین کا گز بناتے نلوہ نکل جائیں، اور مجال ہے کہ جبڑ کا تو کھائیں۔ کہنے لگے "یہ میرا کلوا آپ کے ہات سے چھچھوڑے ہوا؟" میں نے کہا "مرزا صاحب ہوا تو سہی، اور جی چاہا ہے تو ہات کی بانگی آپ بھی دیکھ لیں" کہنے لگے "میاں بانکے جانتے ہو بانا ہلاتا ہوں، لٹھوں کی بھنک بھی لگ گئی تو ایک سناٹے میں مارا

بانکپن کافور ہو جائے گا۔ بنگی کی طرح ناچتے پھروگے" میں نے کہا "جی ہاں جانتا ہوں آپ کی نصیحتیں سو میں ایک نہیں، ہزار میں ایک۔ مگر نہ بھولئے کہ فدن بھی دونوں ہات سلامت رکھتا ہے۔ ہات بھی وہ کہ جناب مرزا صاحب' ہتیلیوں میں دیدے جڑے سمجھئے۔ بانا ہلا نہیں کہ حضور کی کلائی یا تو اپنی تھی یا پرائی ہو گئی، بن آدٹ لڑتا ہوں، ڈھال کو ہات لگانا حرام جانتا ہوں۔ دم ہے تو بسم اللہ، وار آپ کا۔ ہٹ گئی میری۔ شانے سے بازو نہ جھلا دوں تو فدن بانکا ورنہ بھنگی۔ کتا پیارا تھا تو پٹی سے باندھ کے رکھا ہوتا قبلہ۔ سڑک کے داب آداب سکھائے ہوتے، شریفوں کی تہذیب قانون قاعدے بتائے ہوتے" قائل ہو گئے۔ چپ سنا گئے اور کان دبائے چلتے ہوئے۔ تو وجہ کیا؟ جانتے تھے نہ، فدن کے منہ کی نکلی، آسمان سے اتری ہوتی ہے۔ جو کہتا ہے کر کے دکھاتا ہے۔ پرسوں کی بات ہے، میں نے دُنی لالہ کے پاس مونچھ کا ایک بال آڑ کر کے دس رپئے اُدھار لئے تھے۔ وہ نتھو نتھو، جھنڈے تلے کا شہدا، کہیں پاس ہی کھڑا سن رہا تھا لین دین کی بات چیت۔ سمجھا نسخہ سستا ہے۔ دوسرے دن بن بانکا پہنچ گیا لالہ کے پاس۔ اور حضرت مونچھ کا بال دے کر دس پانچ رپئے ادھار مانگے۔ وضع قطع دیکھ کر لالہ گولک کھولنے ہی کو تھے جو بائیں آنکھ پھڑکی۔ لالہ کو شک ہوا۔ بال واپس کر کے بولے "بانکے، دوسرا دو یہ ٹھیک نہیں"۔ شامت گھیرے نتھوا نے کئی بال نوچ کر سامنے رکھ دئیے۔ اور کہا "ان میں سے جو پسند ہو رکھ لو" لالہ ہنسے اور بولے "مجھے جُل دینے آئے ہو۔ اصل بانکے ہوتے۔

دوسرا بال مانگتا تو میرا سر نالی میں تڑپتا دکھائی دیتا۔ فدن خاں کا سوانگ بھرنے چلے ہو۔ دور ہو یہاں سے، بانکے نے سن لیا تو بوٹیاں بو دے گا" تو حضور یہ ساکھ ہے ہماری بازار میں۔ کل کی واردات سنئے گا تو عش عش کیجئے گا! ٹہلنے نکلا تھا، سر نیوڑھائے۔ راستے راستے چوک سے گزرتا ہوں تو کیا دیکھتا ہوں بچ بچ کرتی ایک ڈولی چلی آ رہی ہے۔ مجھے دیکھ کر اگلے کہار نے پچھلے کو صدا دی "بولتا ہے" اور کاندھا بدلا۔ پھسلتی سی نظر جو پڑتی ہے تو کیا ہے کہ پردے کی چڑیا میں دیدہ لگائے کوئی دیکھ رہا ہے۔ آگ ہی تو لگ گئی تن بدن میں، ہات میں سیدھے گھاٹ کا سوسن پتہ تھا، شپ سے کھینچ ایک اتی جو دیتا ہوں، دو انگل پیلا آنکھ میں اتر گیا۔ اُف کہہ کے بیوی نے پچھاڑ کھائی اور بے ہوش ہو گئیں۔ اب سنئے کہ یہ تھیں کون، تو حضرت مردان بیگ بانکے کی صاحبزادی عمدہ بیگم۔ کہار ڈولی لے کے بھاگ گئے آگے وہ تنتے پیچھے میں۔ جاتے ہی بانکے کے دروازے پہ دستک دی۔ اندر سے آواز آئی "کون؟" ——— "جی میں ہوں فدن، باہر تشریف لائیے" ——— آواز آئی "ٹھیرئیے حاضر ہوا۔ دو لقمے کھا لوں، آجاؤ نہ بانکے تمھارا اُلش ہم بھی چکھ لیں"۔ میں نے کہا "جی نہیں، آپ باہر تشریف لائیے، نمک نہ چکھوں گا"۔

بارے نکلے تو باپ بیٹے دونوں اوبجی بنے ہوئے۔ کہنے لگے "آپ ہی کی خدمت میں حاضر ہو رہے تھے انی کا جواب دینے" میں نے کہا "بانکے، وہ تو کہو ایک ہی کے ماتھے گئی، ورنہ میں تو دونوں ڈھیلے

پھوڑ دیتا۔ بازار کی سیر اور بانکے کی بیٹی کا دیدہ! اے معاذ اللہ!" بانکے بلٹے اور بیٹے سے بولے "جاؤ ناشدنی کا دوسرا ڈھیلا بھی پھوڑ دو، اور منگا کے ڈولی ڈلوا دو سسرال میں۔ میں اب اُس کا منہ نہ دیکھوں، آؤ بانکے اب تو دو لقمے کھا لو، تم نے میری سترپشت کو کلنک کے ٹیکے سے بچا لیا۔

تو جناب یہ تھا بانکپن۔"

"اپنی موج میں"

پہلوان

توپ کی توپ، اکھاڑے میں پڑے اینڈ رہے ہیں، تاروں کی چھاؤں، لنگر لنگوٹ، چٹ جانگیا کسا، نالی پہ آگئے ہزار پانسو ڈنڈ نکالے، بدن گرمایا، پسینہ ٹپکا، اور ایڑی سے چوٹی تک برابر کا پُتلا بن گیا۔ اب جوڑی یا کریلا پھیرا کبھی مانگ کے ہات، کبھی رومالی کے، اس سے شل ہوئے، بیٹھکوں پہ جُتے۔ سپاٹے کھینچ ہٹے تھے کہ پٹھے آن لپٹے، سامنے کے زور ہوئے۔ داؤں چلے، پیچ ہوئے، دن چڑھے کٹوری بھر تیل کھایا، مالش ہوئی، نہائے دھوئے، اور سیر آدھ سیر بادام کی ٹھنڈائی چڑھا گل بنکر

پڑ گئے۔ آپ ہیں پہلوان!

"جی ہاں، اور اب اس گت کو پہنچے ہیں کہ دیکھ لیجئے تو تھ کی تو تھ پڑے ہیں، اور آپ کے چرنوں کی سوگند، ناک پہ بیٹھی مکھی نہیں اڑائی جاتی۔ کیا کروں، جوڑ جوڑ دکھتا ہے، کبھی یہی جوڑ تھے کہ باندھا نہیں کسی نے ہنت کو ڑا۔ اب توڑ کی کسے فرصت، وہیں سے گردن میں اڑنگا دے کر ایک ذرا جو پیچ کس دیا، تو کس کا ہنت کوڑا۔ میاں کا شانہ ہی کھٹ۔ بڑول کی دہلیز کو ہات لگا کر کہتا ہوں کہ ہتی یہ ڈالا، اور سپاٹے کے اڑھائی تین ہزار ڈنڈ کھینچ کے دم لیا۔ پھر خجھوری میں بھی شانے جان پڑتے دو خربوزے رکھے ہیں۔ کوئی ایک بات ہو تو کہوں۔ یہ سینہ جواب فالودے کی طرح تھل تھل کر رہا ہے، ایسا تھا کہ گولی لگے اور اچٹ جائے۔ کوئی دیکھتا تو کہہ اٹھتا" استاد نے چکی کے دو پاٹ باندھ رکھے ہیں" کانوں کی جو درگت ہوئی ہے، وہ دیکھئے تو معلوم ہوتا ہے کان نہیں، کریلیا امرود کے دم ریزہ دانے لٹکتے ہیں، ٹوٹے ٹوٹے، مڑے مڑے، گتھیاں گتھیاں، دیکھے سے گھن آئے۔ اور نا ندگی نا نداس توند کو کیا کروں، کمر کبھی چوڑی برتر بھی۔ اور آج تو لوگ اس پر کمرے کی پھبتی کستے ہیں۔ بھوک نہیں لگتی۔ کھایا تو پچتا نہیں۔ پیٹ کے اندر جب دیکھو تب، کوئی میٹھا ارگن بجا رہا ہے۔ نہیں تو آدھ سیر بادام کی ٹھنڈائی۔ صبح شام پان پان سیر دودھ، چار سیرے، اور دوپہر میں سوا سیر پرانے استعمال کا پلاؤ۔ روز کا بندھا ٹکا معمول تھا۔

اب وہ دم خم کہاں! جھوٹ بولنا اشرافوں کا کام نہیں۔ جوڑی اُٹھائی، سواسو من کی فرد۔ نام لیا استاد کا، اور کھینچ گئے مانگ کے دو دو ہزار ہات چکر بندھ جاتا تو لوگ دیکھ دیکھ کر کہتے، پہاڑ پر دو دیو کھڑے ناچ رہے ہیں۔ گلو پہلوان کا کیا حشر ہوا۔ اسی اکھاڑے میں ایک دن ہنسی ہنسی میں یہی جوڑی اِٹھالی اور لگے بغلی نکالنے۔ ایک دفعہ ہی اُبکائی آئی، ساتھ ہی خون کی کلی، بیٹھ گئے، منکا ڈھل گیا۔ دیدے پلٹ گئے۔ دیکھا تو پہلوان کہاں، جنت سدھار گئے۔ استاد کی اللہ بخشے نظر تھی۔ خلیفہ، خلیفہ پکارتے تھے۔ ایک دن بڑے مگن تھے۔ میں نے بھورے بھائی پہ ملنہم کا داؤں کیا، گردنی دینے چلے تھے، میں نے اُدھر ہی میں داؤں کھیل دیا، اور بھورے کی دائیں کلائی روک کہنی سے ہات کا اڑنگا دے دیا۔ بہتیرے آسن بدلے بھائی نے، مگر توڑ نہ کر سکے۔ جنت نصیب نے خوش ہو کر کلیجے سے لگا لیا۔ پلک مارتے میرا اڑنگا ادھا پڑ جاتا۔ تو کھائی تھی گردنی، پھر وہ کیا ماننے والا۔ وہیں سے کولے کی انی ایسی مارتا کہ میں گلی کی طرح اُچ جاتا۔ اور بھرے اکھاڑے میں تھڈ ہو جاتی۔ استاد کہنے لگے، لنگر بھاری نہیں ہے۔ بھورا جیبراس مار دیتا تو؟ کل سے ہمارے سنگ بیٹھکیں لگایا کرو۔ پھر تو میاں، پیلنے میں کبھی کسر تھی، جو آئیں ہمیں تیاری پہ۔ نیچے کے دو داؤں بخشے، اور کہنے لگے جاؤ بیٹا، رانوں کی آنکھیں کھول دیں۔ ہات ملایا، اور ملاتے ملاتے ریلا دیا۔ پانوں اکھڑتے ہی کَن پہ رکھ کے ایک ہچکولا۔ دیو ہو گا تو بھی چاروں خانے چت ہی گرے گا۔

ایک دفعہ بڑا مزا آیا، پڑوس میں طائفے کا ناچ تھا۔ سارنگی رِت رہی تھی طبلہ ٹھنک رہا تھا۔ میں اِدھر معمول کی محنت کر رہا تھا۔ اسی میں ایک دفعہ خم جو ٹھونکے، گونج سے ٹھیکے میں ایک ماترا بڑھ گیا۔ طائفہ ناچ بھولا، اور سارنگئے کی لے بگڑ گئی۔

کبھی ایسی ایسی کشتیاں نکالیں، کہ دونوں طرف سے پیچھے کے پیچھے داؤں ہوتے تھے، پیچ بندھتے تھے، پھر ایک گھات کے سوسو توڑ، ہر توڑ پر بند، اور ہر بند کے پر بند۔ اسی میں کوئی اچل داؤں سوجھ گیا، اٹھا کے پھینکا۔ اڑ تڑ تڑ دھڑیم! چاروں خانے جاتے رہے۔

ایک دفعہ کی بات یاد آئی، آگرے کے جوڑ نمائش میں آئے ہوئے تھے۔ اُن میں دھنگا پہلوان بھی تھا۔ پہلوان کاہے کو دُھس کا دُھس تھا۔ چلے تو جیسے گیند اسی پہ آرہا۔ اپنی کھسوٹ پر بڑا ناز تھا۔ پہلی جھپٹ شیر کی طرح ہوتی تھی۔ داؤں چل گیا تو پہاڑ کو گرا لیتا۔ ورنہ اکھاڑے بھر میں ناچتا رہتا۔ استاد نے اللہ بخشے میرے نام پہ الائچی بھیج دی، دوسرے دن اکھاڑا جما، اور استادوں کے پاؤں چھو، گدگد شروع ہوئی۔ میں ہاتھ پاؤں میں اکیس، تو دھنگا کی گیدڑ بھبکیاں غضب کی۔ پور پور پہ داؤں پیچ ہونے لگے۔ اِدھر سے اِک دستی ہوئی تو اُدھر سے دو دستی، ایک نے انٹی ماری، تو دوسرا اکھیڑ میں بیٹھا۔ کسی نے قینچی باندھی تو کسی نے بقچی۔ میں نے ہت کوڑا باندھا، اُس نے نال سے کھولا، غرضکہ آدھ گھنٹے میں بیسوں جوڑ توڑ ہو گئے۔ ایک دفعہ کو دھنگا کی پلک جو جھپکی، میں بغلی میں

گھس بٹیھا، دھینگا نے قلعہ جنگ پہ اڑانا چاہا، پر میں نے قینچی ڈال سانڈی کھینچ دی، ملہاری، ان کے نام کے، بڑھ کے بولے، دیکھتا کیا ہے، کھلی یا بند بھلا بیٹھا، باندھ دے گٹھری، بس اسی پہ چھٹا چھٹور ہو گئی۔ نکل اکھاڑے سے میں تو استاد کے قدموں پہ گرا، اور دھینگا جو منہ چھپا کے نکلے تو سنا دوسرے دن جمنا کنارے کپڑے ملے۔ تو مطلب یہ کہ تھے جب تھے، اب کاہے کے پہلوان!

"اپنی موج میں"

لالہ

ہونے کو تو اور بھی ہوتے ہیں، مگر یہ ہیں پڑیوں سے گھر پنساری، محلے بھر کے اَن داتا۔ کیا ہے جو ان کے ہاں نہیں ہے، ہم تو یہاں تک کہتے ہیں کہ جو کہیں نہیں ہے، وہ بھی ان کے ہاں ہے۔ گروی گانٹھ بھی کرتے ہیں، دو آنی روپئے سے قسطیں بھی دیتے ہیں۔ اب رات ہو چلی ہے۔ کچی رسوئی سے نپٹ، دودھ کی لُٹیا چڑھا، چندن کی چلم سلگائے، آنکھیں موندے، کھاروے کی گدی پہ تکیہ لگائے بیٹھے ہیں اور آج کی جمع باقی میں اُلجھے ہوئے ہیں۔ لالہ!

تجے دُکان اب نائیں چلنے کی لالہ! سو کیوں پوچھو؟ لے اب کہا بتائیں! بجے ہماری للّی کو چھورا۔ بجے کار کھانو کو دُنو دے بنا چین نائیں لے گو، سسرا اب کے بجار میں دیکھ پڑے گو، مانگیں چھٹوائے دُنگو۔ ہری مرچا باری آئی، "لالہ مرچا لئے دیو" ۔ دھیلا کی دو آئے دئیں۔ مولا بار و بکا رو۔ "لالہ مولا لئے دیو!" تا پہ میں نے کہی "اَکے سسر مجتو کھاؤ، مولو کھاؤ۔ دکان کائے پہ چلے گی۔ کچھ پہ کچھ بڑھے جار ہو ہے۔ رام رام! جو کچھم کو کوئی سمت آن گرے گو۔ سو ساری مرجا دکے و ہڑی لگ جائے گی۔ مجھ الگ جل بڑو ہے۔ بجار الگ مندو ہے رہو ہے تا ہے بے مولو کھانگے، مجتو کھانگے! ہونہہ کھلی رے کھلی! میں تو کو کھان دُنگو؟ ارے میرے کلّے سسرے کو نسار بھجوائے دُنگو۔ بجے نیم جی ہیں سو ہن نے آج اور اڑائے دئی ہے، اَکے للی کی سسرال میں پرول ڈاکو پڑ گئو۔ سو بجے تجبیج کبھی نائیں چلتی دیکھتی۔ اور بجے محلے کے چھوری چھورا، سو اِن نے ای مانگنے کی آدت ڈریائے دئی ہے ہمارے چھورا کو بھی۔ بال بال کے جھوڑ دئے ہیں، سو بے ناتھ کے بچھڑا جیسے ڈولت گھومن گے۔ اور دکان کو تو ایسو لپٹن گے جیسے گڑ کے سیرا کو مکوڑے۔ "چندری لالہ نیک سو گڑ دیو"۔ "چندری لالہ چار چنا دئے دیو!" تو بجے باتوں میں تو لالہ دکان چلتی دیکھتی نائیں۔ اور ہاں بجے آج نیم جی نے کا کہی اَکے چاندی چڑھی جائے رئی ہے۔ سو ما ملو جو کھوٹے تو بجے گروں کو دس پانچ سیر گھنو جو بڑو سو کھ رہو ہے۔ با کے دام کھرے کرنے میں کوئی جو کھم تو ہم جانیں نائیں ہوئے گی۔ اچھا آج ریڈیو پہ بھاؤ

سن اُنگو تب ہوئے گو اِسکو اُپائے۔

اور آج پھر آئے گئو۔ روجینہ دکان کی سنکل کھولی نہیں کہ آئے مرو۔ اَکے بانٹ دیکھنگو۔ کانٹو اور تک کو دھڑو کرنگو۔ ارے سو پوچھو کون سے مہاجن بنگال میں جو دھڑو یک سو جھجتو نائیں باندھتے۔ جے بات تو پُرکھوں سے چلی آرہی ہے۔ پُرانی پنسیری دیکھ کے تولہ بھر کم آگئی۔ اب جنے رپورٹ کرے گو کہ تھانے کو لکھے گو! ارے سو ایسے اسٹیٹر کتے دیکھ ڈالے ہم نے۔ تیس آج نئو آؤ ہے سو نوکری میں جُڑ رہے۔ رَوُ ہے۔ تو ہم نے کہدینی، 'جار بوٹ کردے' ہائی کورٹ تو میں نائیں چھوڑنگو۔ اور الٹ پڑی تو گورا ڈبلو کرونگو۔ بلات اڑنگو۔ تول کے بانٹ میں چار چھ گھنگھچی کم اتریں تو جھٹ بیان لیبے کو تیار رہے گئو۔ نوں کہے لالہ' اَکے چھ رتی سونا کم تول کے بنائے لئے رُپیا ٹمن نے پانچ اَک۔ جے مکہ موتو بے جرور کر کے چلاؤنگو۔ نیم جی سکلے دکان بھر کے سنئے بانٹ نالانگے، تو سکلے جھاں سے اُن کو بکار دکٹ جائے گو، ہم نے کہدینی ہے۔

اور جے جُھ اب جو گھڑا کرواے، سو نجانے کون کون لڑ رَوُ اِے؟ جنے روئی کو بجار تو مائیں چڑھے گو؟ نیم جی کہہ رئے، اَکے لالہ اب کے کپاس اچھی ہوئے تو کوٹھی بھرائے یا پچھے گنگا جی کے نہان کو چلے چلو۔ سو ہمن نے سوچ لئی اَکے پرماتما دلائے دیگو تو چار چھ ہجار کے منا پٹکھے کی بات ہے۔ اور آج میاںجی نے تو پرلے کردینی، رام رام، پانچ تولہ سونا کو پچھو اور اڑھائی دو سیر چاندی کے باسن ڈیڑھ سو میں لاکے ڈار گئے۔ پڑوس

کے مارے رکھنے پڑے۔ ہم نے کئی، رُپیا تو لیئو، ہم تم سے ایسا بیاج بھیاج کھا لنگے۔ پر بات جے ہے کہ چندری لالہ دوانی رپیا سے دمڑی کم کی بتی نائیں لیتے۔ برس بھر کی بتی۔ سیکڑہ پانچ گو سالہ کے۔ اشٹام بھٹام، ٹکٹ پھکٹ، نیسم جی کو ٹھک ٹھکوک، اور نلی کی للی کو مٹھائی کھٹائی اُن سے گئے دو سے رپیا۔ سوچے تو تم جانو کا ُبھے کی بات ہے۔ دباری تک چھڑا سے جیئو، نائیں تو بھتیا ہم گلا ملا کر دینگے۔ منجور ہوئے تو رکا پھکا ہوئے جائے۔ اب جے رپیا لگے گو ڈور ٹیننگ میں۔۔۔۔

ارے للی! او للی! چراگ دانی کو سگرو تیل پھکو جائے رو ہے۔ اُٹھ کے بتائے نائیں دیتی! ارے جے سب نے لالہ کو لوٹ کھانے کی سوچ لئی ہے؟

"اپنی موج میں"

پنڈت جی

بال شکشا کے لئے گانوں اور قصبے میں پاٹھ شالا ہوتے ہیں، کہیں سرکاری کہیں چندے کے پہینے پیچھے دو چار آسنے نقد، باقی اناج ۔ کھیا کی چوپال ہو کہ پیپل تلے کا شوالہ، لپے پتے چندن جیسے چبوترے پر ٹاٹ بچھا ۔ اس پر گانو کے بالک گھیرا مارے ۔ آگے کالی تختی، سرکنڈے کے قلم ۔ کلھیا میں پوناسٹی گھلی دوات، اور اپنی اپنی پستکیں ۔ اور پتامبری باندھے، جنیو ڈالے، تلک لگائے ۔ ردراج کی مالا گلے میں چھڑی لپ لپاتے، دبلے پتلے گورے چٹے پاٹھ شالا کے پنڈت جی !

چوں رے چھورا نائیں سُنے گو؟ مار مار ریل کو کھمبو بنائے دُنگو۔ کونڈسسُر! نہ پڑھے گوں نہ لکھے گوں۔ موں باندھے بیٹھو ہے! تیں بی نائیں مانے گو لیلا دھر، تکھتی نائیں لکھے گو۔ چلو سب کے سب پہاڑا بولو۔ اٹھارہ پنجی نبّے! تو بنیا جا سو یا۔ ارے سرپ سونگھ گیو کا؟ اور جے کتے گئو جالم سنگ۔ تکھتی نائیں لاتا۔ تیں بی مورکھ رہو۔ ارے سج کا لکھو ہے تیں نے؟ جلیبی! تہارو موڑ! ارے اب موں تکے جلے گو کہ لکھے گو؟ لکھ چھوٹا "ج"۔ چھوٹا "ل"۔ "ل" پہ "اِی" کو کانٹو۔ چھوٹو "ب"۔ "ب" کے آگے "اِی" کو ڈنڈو مار۔ اب بھئی جلیبی۔ اور چوں رے گھنسا تین رس لایو؟ کا کہی "پنڈت جی، ابھیں کولھو نئیں چلے۔ تب چلن گے تب لانگے"۔ ارے پنڈت جی کو لکو۔ ہے حلوا ایسو اِی لکھو جات ہے؟ ارے بدھ کو بدھئی رہو۔ بنا چھوٹا "ہا"۔ لکھو؟ پھر بنا چھوٹو "ل" اور "و"۔ با کے آگے دے بڑو "آ" کو ڈنڈو۔ "آ" کو کانٹو لگا نو بھول مَن بجئیے۔ چلو رے نبیا، اِملا نائیں لکھے گو؟ ارے تا کھو بٹائے کے لیتا ایو، جو نوکم سارے گنسا گو رواب لوں نیں آئے۔ اب کتے بج گئے؟ اور گنتائی نے کہی تھی "ہیں لانگو پنڈت جی، جاؤ تہاری چھٹی۔ چل رے منولال۔ تیں نے کہدئی بڑے لالہ سے، کے اب کے ماس منتی نائیں دے پان گی پنڈت جی، گنگا اسنان کو جانگے؟ کا کہی "آدو نائیں رہی" اب سمجھا کو کہد نگو" ابھی للا سمجھا کو تم جھیں رہو۔ ارے او ماتادین بھگوڑو، تیں نے آج موں کھاؤ ہے۔ چلو اٹھا بیٹھی کرو! چلو۔ پروں کو گنو گنو۔ ہاں ایسے، ایک دو، اور

بیٹھو، تین چار۔ کھائے ہے کون کھانگے سیر بھر لڈو۔ کام نہ کرن لگے آدھو چھٹانک۔ چلو اب سب کو املا ہوئے گو۔ لکھو "ایک تھا براہمن، بڑو ہی نردھن۔ "ر" میں اوپر کنڈا۔ وہ ایک گام میں بالکوں کو شکشا۔ "ش" سے پہلے "اس کو ڈنڈو" دینے جایا کرتا تھا۔ وے سب بالک بڑے نٹ کھٹ تھے۔ کا ہو تو پنڈت جی کو برس، نائیں لاتا۔ اور کاہو پنڈت جی کی تماخو۔ "کھ" کے نیچے بندی، میں لال مرچن کی بکنی ملاتا۔ پنڈت جی گنکا کھاتے، جیبھ ساری جبہ پر اسے باتی۔ او کتے پھرتے۔ اور پاٹھ شالا کو چھٹی مل جاتی۔ "چھ" میں نیچے چھوٹی "ا" کی گھنڈی، پھر اوپر نیچے "ٹ ٹ"۔ اور دونوں کے پیچھے بڑی "اس" کو ڈنڈو جاکے اوپر کا نٹو۔ لگا دُ؟۔ آگے چلو۔ پنڈت جی کو پتہ لگی دوسرے دن بالکوں کی دونی پڑھائی۔ بیس نوں پہاڑے، پھر سنو تیئے، ڈھیئے، ددو اور تکھتی لکھن پڑتی۔ ارے سب کو کال آگئو گا؟ اچھا املا ہوئے گئو۔ اب گیان کو پاٹھ لیئو۔

اونچا بھیا تو کیا بھیا جیسے پیڑ کھجور
پنتھی کو چھایا نہیں پھل لاگے اتی دور

کا ارتھ بھئو جندو لال؟ اب تو کو نائیں چھاڑ نگو، چار دناں بھئے رٹتے رٹتے۔ ابلوں بدھو کو بدھو رہو، کا کہی "وا کو ارتھ کال سنائے دنگو پنڈت جی، نرس کے دوئے گھرا دیئے جا تنگو۔ چپ نائیں بیٹھو جات۔ چمٹیا بھول کے توری جیبھ چھکا ننگو،

سنو، کبیر مہاراج لکھ بکئے ہیں۔ کہ ہے منو لال تو اونچو کھمبو بھئو تو

کہا بھنّو، اونچو تو کھجور کو وِرکش بھی ہے۔ سونہ تو پنڈت جی کو رس آؤ۔ اب کالھ سُنَن گو سنجھ گئو؟ چلو آج کو باٹھ لیئو بانچوں تنیچے۔

مُوڑ منڈائے ہر ملئیں، سب کوؤ لیئے منڈائے

بار بار کے مونڈتے بھیڑ نہ بیکنٹھ جائے

سجے دو ہا بھی گَگلے سُنَن گو۔ نائیں آ دنکلو، مات مات بیٹھ سجائے دُ نگو کہدینی ہے۔ اب جاؤ چھٹی۔ نبتھی کو چھایا نہیں پھل لاگے اِتی دور۔۔۔۔

"اپنی موج میں"

جوتشی

ہمارے پرانے متر جوتشی مہاراج! مرگ چھالا پر آسن مارے براج رہے ہیں۔ سر پہ پگیا، ماتھے چندن، منڈ ر سے ڈالے، رُودراکش کی مالا گلے میں، پوتھی بچاریں، فال نکالیں، ورش پھل بتائیں۔ جنم پتری بنائیں، راشی ہو کہ دشا شول، نکشتر ہو چھوکہ پھل آدیش۔ کیا نہیں جانتے، کون سا گیان نہیں! پھر سستے داموں، ٹکوں کا دان اور آنول کی دکشنا۔ کبھی کبھی ڈیڑھ گز کپڑا اور آدھ سیر چاول — ٹرٹلے کے جوتشی!

مہراج آپ کو شبھ نام؟ دھنپت رائے! میں، کمبھ، مکر، دھن، برچھک تلا، میکھ، برکھ، سو مہراج آپ کی برکھ راشی ہے۔ اور آپ کو جنم اشونی نکشتر میں ہوا ہے۔ آگیا ہو، اچھا ہو، جنم کنڈلی بنا دیں! "اوم نے بھگوتے واسدیوا"

اس کنڈلی میں سوریہ کا ستھان ہے۔ اور اس میں بدھ براجمان ہیں۔ تیسرا گھر شنی کا۔ اور یہ چوتھا برہسپت کا، اور یہ پانچویں میں کیتو، یہ رہا شکر، یہ منگل، یہاں ہے راہو، اور یہ ہیں چندرماں۔ سو مہراج آپ کی کنڈلی میں سوریہ، دھن ستھان میں بیٹھے ہیں۔ سو آپ کو دھن کا لابھ کریں گے۔ یہ سمت دو ہزار سات کٹی تو اسی ماس کی سنکرانت متی اسوج بدی چار سمت دو ہزار آٹھ کو بڑا دھن پراپت ہونے والا ہے، اور جو بدھ ہے آپ کا، سو تیسرے گھر میں سکھ سے بیٹھا ہے تو یہ آپ کو سکھ پراپت کرائے گا، اور یہ چھٹی کنڈلی کا منگل بڑے روگ کا ملا ہے منگل کا دان کریں۔ تھوڑا دیئے ہو، رکیول سیر بھر گیہوں اور بن پڑے تو بارہ رتی سونا اور لال کپڑا اور تھوڑا گڑ اور اس میں چاندی کی دکشنا رکھ کے براہمن کو دان کریں۔ نکشتر ٹلے گا۔ کشٹ دور ہو جائیں گے۔ اور یہ شنی آپ کے لئے بہت بھاری ہے۔ سو مہاراج اس کا جب ایتا دی کرانا پڑے گا۔ ہم آپ کے سوک کہیں نہیں گئے ہیں۔ اس کا بڑا پریشرم ہے۔ بڑے منتر ہیں۔ ادھک دکشنا ہے۔ اور مہراج یہ چندرماں بڑے اتم گھر میں بیٹھے ہیں۔ دھن اور کسی جیو کے سکھ کی آپ کو پراپتی ہوگی۔ اور بائیس ورش کی اوستھا میں آپ کو کچھ ہوا تھا،

اُس سے پہلے سترہ ورش کی اوستھا میں جَل سے کچھ بھئے ہوا تھا۔ اب پھر بتیس ورش کی اوستھا میں آپ کو ایک بڑا روگ لگے گا۔ بڑے ماملے ہیں، بڑی باتیں ہیں۔ سو مہراج اس کے لئے اُپائے کرنا ہوگا۔ چھایا دان، تیل گھی دَکشنا براہمن کو دینا ہے۔ اور یہ آپ کے لابھ ستھان میں شُکر پڑا ہے، آپ کے بھاگیہ میں ایک بہت اونچی پدوی لکھی ہے۔ کسی سمبندھی دوارا پینتس ورش کی اوستھا میں ادھک دھن پراپت ہوگا۔ پانچویں گھر میں راہو ہے، سو اس کا پھل یہ ہے کہ پہلی سنتان آپ کے پُتر ہوگا۔ اور بڑا گنسی اور بھاگوان ہونے کے وچار ہیں۔ اور یہ کیتو، سو مہراج آپ کے شترو نکلیں گے، جھگڑے لگیں گے، بڑے بیٹراں کے ماملے ہیں۔ بڑی باتیں ہیں۔ پرنتو آپ اپنے گرہ بل ہونے کے کارن سب اوپر وجے پراپت کریں گے۔ آپ کے شترو آپ سے پریم کریں گے۔ راج دربار مٹھی میں رہے گا۔ ہر کام آپ کی اچھا نوسار ہوگا۔ قرضے کے وِستئے میں آپ کا برہسپت بہت بلوان ہے۔ اور چالیس ورش میں آپ کے پاس بہت سا دِروِیہ جمع رہے گا، اور ہر پرکار سے دھن سنتان کی وردھی کا سکھ پراپت ہوگا۔ سو یہ جب میکھ راشی میں پرویش کریں تب پھل کا دان کرنا ہوگا۔ پرتی دن سندھیا کال تین پرکار کا پھل براہمن کو کھلانا، سب کشٹ دور ہوجائیں گے۔ سارے وگھن دور ہوں گے۔ بڑے ماملے ہیں بڑی باتیں ہیں۔ پھر چندرماں کے درشن کرکے کچھ چاندی کا دان ہوگا۔ سو تولہ بھر چاندی براہمن کو بھینٹ کریں نکشتر ٹل جائیں گے۔ کشٹ میٹ جائیں گے، بڑی باتیں ہیں بڑے ماملے ہیں۔

"اپنی موج میں"

رکاب دار

"جینے کے لئے کھانا ہو تو بات دوسری۔ ورنہ کھانے کے لئے جینا، تو اِن کے ہات کا کھانا۔ ایسا جینا امیر جیتے ہیں۔ اور یہ کھانے رکاب دار پکاتے ہیں۔ شاہی کھانوں کے بادشاہ۔ بڑے نک چڑھے، بڑے نازک مزاج۔ ہنر کے بھرتے پر وزیر کی سنیں، نہ بادشاہ کی۔ چھوٹی ہانڈی پکاتے ہیں۔ دیگ کو ہات نہیں لگاتے، مٹھائیاں اور حلوے بناتے ہیں، اچار مربے تیار کرتے ہیں۔ اور ان میں وہ نفاست اور سگھڑاپا دکھاتے ہیں کہ سنئے اور چٹخارے لیجئے۔ یہ ہیں رکاب دار۔"

"اے حضور، یہ گڑے مردے کیوں اکھاڑیئے۔ مزے سے تندور پہ گیے، دو ڈبل کی آبی، اور ایک ٹکے میں چمچہ بھر نیلا شوروا، کھایا پیا، موچھیں چکناتے چل دئے۔ رکابدار تواب اللہ کا نام۔ تو وجہ کیا۔ وہ بادشاہیاں نہ رہیں، وہ رئیس چل بسے۔ وہ شوقین مٹ گئے، تواب رکابدار کہاں۔ محلات تھے، بیگمیں تھیں، شہزادیاں نواب زادیاں تھیں۔ اور جلو خانے میں جہاں سب وہاں رکاب دار بھی حاضر۔ اندر سے رَوِنا آتا، سراپردے پہ جاتے۔ آداب بجالاتے، قلماقنی آتی، بیگم کی فرمائش سناتی۔ پلاؤ انار دانہ دم ہوتا۔ جس کا ہر چاول آدھا یاقوتی رنگ کا، آدھا جیسے ہیرے کی کنی۔ پلاؤ نہیں، قاب میں جواہرات ہیں۔ انہی ہاتوں کا پکا نو رتن پلاؤ شجاع الدولہ بہادر نے کھایا۔ نو رنگ کے نو چاول۔ رنگ کی صفائی دیکھ کے جوہری بھی دھوکا کھائے۔ خاصے کا باورچی خانہ، دو ہزار روپئے روز کا خرچ، بارہ بارہ سو کے رکابدار۔ اور پھر کیسے کیسے کاریگر کہ حضور سات ولایت کا کھانا ایک طرف، اور ہمارے ہات کا چٹنی اچار ایک طرف، اب تو کھانوں کے نام بھی یاد نہیں، اور کیوں کر سے ہوں۔ ایک سو سے اوپر پلاؤ کی قسمیں ہیں۔ کوئی کہاں تک یاد رکھے۔ ایک موتی پلاؤ کی یہ شان تھی کہ حضور پہلے اصیل کے چالیس چوزے تیار کئے جاتے، مشک اور زعفران ملاکر گولیاں بنتیں، دونوں وقت کھلائی جاتیں۔ روز ایک چوزہ کٹتا، وہ بھی ریشہ ریشہ باقی چوزے کھالیتے۔ یہاں تک کہ ایک رہ جاتا۔ اسے تو رکھئے ٹاپے میں، اور پلاؤ کے موتیوں کی تیاری سنئے۔ تولہ بھر چاندی اور

تین ماشہ سونے کے ورق انڈے کی زردی میں حل کئے جاتے اور ایک مرغ قربان کر کے نرخرہ نکال لیتے۔ اور یہ زردی اس میں بھر کے ہر جوڑ پر مہین دھاگا کس دیا جاتا اور دھیمی آنچ میں جوش دے کر کھولا جاتا۔ اندر سے سونے روپے کی آب کے سڈول موتی نکلتے۔ اب جوڑے پر چھری پھری اور اوسکی یخنی میں دم پخت ہوتے۔ ادھر آب جوش تیار ہوا اُدھر دیگ نے چاول پیاسے۔ آٹھ پہر کا بھیگا ہوا بانستی استعمال، چاول بھی وہ حضور کہ ایک ایک دانہ بلور کا تراشا۔ مدھ سالنوں میں دم پہ آیا۔ ایک ایک دانہ دو دو انگل کا۔ دوسری گنی پہ یخنی دی، اور بار چہ لگایا۔ پتیلی اُدلے سے اتری، نرم نرم کو ٹلوں پر لگی۔ موتی پلاؤ تیار۔ اب حضور حالت یہ کہ جہاں تک ہانڈی کی بھا پیں ہوا میں گئیں ہیں، چلتے پھرتے مشک اور عنبر میں بس گئے ہیں۔

یہ کیا، نت نئی اُپج کی سوجھتی تھی۔ گھر کی بات، کانوں میں پڑی ہے۔ دادا ابا نے نصیر الدین حیدر بادشاہ کے لئے چڑیوں کا پلاؤ پکایا تھا۔ گوشت کی ننھی ننھی چڑیاں بنا کر اس طرح دم دیا تھا کہ بکھری نہیں، اور کنگنی کا پلاؤ تاب میں اس طرح لگایا تھا کہ جیسے دانہ ہو۔ اور یہی چڑیاں اس خوبی سے بٹھائی تھیں جیسے چگ رہی ہوں۔ پھر دادا پیر علی نے وہ بھولے سو سے پیش کئے جو حیدرآباد دکن میں درباری دستر خوان پر آئے، توڑے گئے تو ایک لال نکلا اور پھر سے اڑ گیا، سب دنگ رہ گئے۔ اور سنئے نواب آصف الدولہ بہادر کی۔ ایک نئے رکابدار پیش ہوئے۔ پوچھا۔ کیا پکاتے ہو؟

عرض کیا " ماش کی دال" ۔ "تنخواہ کیا لوگے؟" ۔ " پانسو روپیے!" رکھ لئے گئے۔ کہا " دو سٹرملوں پہ رہتا ہوں" ۔ "بھئی وہ کیا؟" ۔ عرض کیا " جب حضور کو میری دال کا شوق ہو، ایک دن پہلے حکم دیا جائے، اور جب کہوں کہ تیار ہے حضور نوش فرمالیں"۔ نواب نے کہا " منظور" ۔ پانچ چھ مہینے بعد نواب کو دال یاد آئی ۔ اور تیار ہوگئی ۔ عرض کیا گیا ۔ نواب باتوں میں لگے ہوئے تھے، کہا " اچھا دسترخوان بچھایا جائے ۔ آتا ہوں" مگر نہ آئے ۔ رکابدار نے دوبارہ عرض کیا " خاصہ تیار ہے" ۔ "ہاں بھئی آتا ہوں" پھر دیر ہوگئی ۔ تیسرا کے خبر کرنے پر بھی نواب نہ آئے ۔ رکابدار نے دال کی ہانڈی ایک سوکھے پیڑ کی جڑ میں اُلٹ دی اور در دولت کو مجرا عرض کرکے چلدیا ۔ نواب کو بڑا رنج ہوا ۔ ڈھنڈھوایا مگر رکابدار کا پتہ نہ چلا ۔ ہاں جس پیڑ کے تھالے میں دال پھینکی گئی تھی وہ کچھ دن میں ہرا ہوگیا ۔

ایک شوقین رئیس بہت بھاری پلاؤ کھاتے تھے ۔ جو تیس سیر گوشت کی یخنی نکال کر پکائی جاتی ۔ اُس میں چاول دم ہوتے ۔ ایک قاب نوش فرماتے پتہ بھی نہ چلتا کہ اتنی بھاری غذا کھائی ہے ۔

تو عرض کرنا یہ ہے کہ اب رکاب دار کو کیوں یاد فرمایئے ۔ امیر گئے ۔ جوہری مٹے ۔ رکابدار تو اُن کے دم سے تھے ۔

"اپنی موج میں"

تمولی

سب کے من موہن، پان والے۔ چوک میں چور ستے پر دُکان ہے۔ دکان کیا چوتھی کی دلھن ہے۔ سجی سجائی آئینہ ہو رہی ہے۔ خود بھی بن کے بیٹھے ہیں، گلوریاں بنا رہے ہیں۔ گاہک پہ گاہک ٹوٹ رہا ہے۔ پیسہ پھینکا، بیڑا کھایا۔ آئینے میں منہ دیکھا اور چلا۔

ملاحظہ کیجئے، یہ گلوری حاضر ہے۔ ہونٹ تو رچیں ہی رچیں گے۔ دیکھئے کوئی دم میں آنکھوں پہ لالی آتی ہے۔ جدھر اُٹھ گئیں شفق ہی شفق دکھائی دے گی۔ گلوری نہیں بجلی ہے خداوند۔ ادھر کلے میں دبائی اُدھر

خون گرمایا، اور چڑھے چنگ پر۔ لگے تڑائیاں لینے۔ جی کہے تڑپ کے اُٹھیئے۔ اور آسمان کے تارے توڑ لائیے، اور کیا خاطر کروں، یہ موسم کی گلوری ہے۔ آئینے میں دیکھئے گا۔ پسینے کی بوندیں پیشانی پہ جیسے چاندنی میں موتی بکھرے ہوں۔ یہی گلوری اُدھر گرمیوں میں نوش کیجئے گا، اور یہی طلسم دیکھئے گا۔ عرض کرتا ہوں آدمی سے برف کے پتلے نہ بن جائیے۔ تو ہیں۔ ورنہ مجھ سے بازار میں ٹکے ڈھولی ملتے ہیں۔ اے حضور گلوری کئے ہیں ہو کیا مجال جو گرمی کا خیال تک پھٹک جائے۔ تبھئے گلوری کی آب جاتی ہے۔ قبلہ تو ایسے دیکھ رہے ہیں جیسے پڑھی ہوئی، گلوری کو۔ کہ حلق سے بیک اتری نہیں۔ اور سرکار میرے تالع میں آئے نہیں، عطائی نہیں کہ خیر سے کبھی نواڑی اور کبھی نواڑی میں تمیز نہ ہو۔ چودہ پیڑھی کا تمولی ہوں، اب تو بیسویں صدی ہے، کوئی کیا جانے، مگر دلی میں جب تغلق شاہی تھی تب بھی ہماری آبرو تھی، راجپوتوں کا گزسکہ تھا تب بھی ہم سرخرو رہے۔ پان کا مان تھا، مان سامان! پوجا پاٹ، بیاہ شادی، موت مٹی، پان کی مانگ کہاں نہ تھی کب نہ تھی۔ کوئی مار کا آن پڑتا، بھرے دربار میں، پان کا بیڑا رکھ دیتے، جو سورما اٹھالیتا وہ یا تو مار کا سر کرتا یا اپنا سر دیتا۔ ریت اُٹھ گئی مگر کسی کام کا بیڑا اٹھانا اب بھی کہتے ہیں۔

لیجئے باتوں باتوں میں گلوری باسی ہوئی جارہی ہے۔ اب نہ کھائیے دوسری بناتا ہوں۔ وہ ملاحظہ کیجئے۔ آج بیس روپئے ڈھولی کی گلوری کوئی کھلا تو دے۔ دیکھئے یہ پان ہے یا پتے کا ورق، پتے میں نس ہے، اسمیں

نہیں۔ کہنے کو گیٹر، کپوری، بنگلہ، بمبئی اور مندراجی بھی ہیں مگر ذات
بہمانت ہیں۔ اونچا سب سے دساوری، اور یہی بن گیا تو اس کا نام ہے بنگلی
پہلے بیڑے میں جوز جو تری، لونگ الائچی اور چھالیہ کے سوا کچھ نہ ہوتا
تھا۔ اب پان کا سالا وہ ہے جو مغلوں سے نکلا اور ابھی تک بدلا نہیں۔
چونا لاحظہ ہو۔ یوں تو کنکر پتھر اور سیپ کا بھی بنتا ہے، مگر اس گلوری میں
موتی بھون کر لگاتا ہوں۔ آجکل پچاس روپئے بھری ہیں۔ جاڑوں جاڑوں
کے لئے دس بارہ بھری پھونک لیتا ہوں۔ رتی بھر نہیں بچتا۔ تیز اتنا کہ
جب تک دہی کے پانی یا مصری اور بالائی سے منہ نہ مارئیے، کھا جائے۔
اور یہ دیکھئے کتھا ہے۔ کھیر کی لکڑی کا رس ہوتا ہے۔ ابال کر نکالتے ہیں،
اور چھالن کر جا لیتے ہیں۔ پھر وہ کڑوا، کسیلا، کرکرا کھانے کام کا نہیں ہوتا۔
پنج کر جلاتے ہیں، عرق کیوڑے کے چھینٹے دے کر صاف کرتے ہیں، لالی
کٹتی جاتی ہے۔ رنگ نکھر آتا ہے، کتھا بستا جاتا ہے۔ حضور دس روپئے
کا کتھا، اور پچیس کی پانچ بوتل کیوڑے کی، حساب دیکھتے جائیے، اور یہ
لیجئے ڈلی۔ پرانی جہازی چھانٹ کے لیتا ہوں۔ دیکھئے کتنا حسین با جرا کترا ہے
کہ چڑیاں چن لیں۔ اور یہ رہے الائچی کے چار دانے۔ دکھن سے اصل
چکنی کی منگاتا ہوں۔ حرج نہ ہو تو ذری سا چکنی ڈلی کا چورا ڈال دوں
اور موڑ کر گلوری بنا لوں۔ اے لیجئے گلوری کی جان تماکو کا قوام تو رہی گیا۔
ترل سے تر نہ کر نہ دوں گا۔ گلوری میں ترپ تو حضور اسی سے آتی ہے۔
کلکتیا پتی یہ بناتا ہوں پتی پک کے گل جاتی ہے تو حضور اپنے ہاتھ

سے اس کا رنگ نکالتا ہوں۔ پھر پکاتا ہوں، تار کی چاشنی آئی، تب اس میں جوز جاوتری لونگ الائچی، بنگلہ پان۔ موتی کا کشتہ، مشک عنبر، زعفران اور سونے کے ورق ڈال کر صندل کے دستے سے گھوٹتا ہوں۔ اور ملاحظہ ہو اسکا ایک الف آب کی گلوری پہ کھینچتا ہوں۔ یہ گلوری بن گئی ڈاٹ کی کہلاتی ہے۔ ورنہ پڑاتے اور سنگھاڑے کی بھی بنتی ہے۔

لے حضور تکلف برطرف، اب گلوری نوش فرمائیے اور ہنسنے کھیلتے گھر سدھاریئے۔

"اپنی موج میں"

گگڑوالے

دُبلے پتلے، اُنگلیٹ کے نازک، پرانی قطع کی اچکن، یا اونچی چولی کا انگرکھا۔ تنزیب کا ہو کہ ڈورئیے کا، چکن جالی کا کرتہ، پرکا پیجامہ، سر پہ نکے دار دوپلی، بالوں میں کانٹے سے اٹکی ہوئی، الٹی نری کا منڈا جوتہ، آنکھوں میں سرمے کی باریک تحریر۔ کمر پہ کُھنی ٹیکے، ہات میں ڈیڑھ خمہ، اُنٹی جبین کا نیچہ اُس پر دہکتی ہوئی چلم، بدری چمبر۔ دھوپ لئے آپ کو مل گئے، آپ نے ڈبل کی گلوری کھائی تھی کہ انھوں نے آنکھوں آنکھوں سلام کیا۔ اور نال بڑھا دی۔ آپ نے کھڑے کھڑے دو کش لئے، دوسرا ڈبل دیا۔

اور آگے بڑھے۔ آپ ہیں گگڑ والے"

ملاحظہ کیا حضور نے؟ دو ہی کشتوں میں پیشانی سے جوانی ٹپکنے لگی۔ والد مرحوم کا ایک نسخہ یاد تھا۔ خمیرہ تیار ہو گیا مگر غریب کا سلفہ ہو گیا۔ گھر میں تھوڑا سا کلکتیا پڑا تھا۔ میں نے سوچا یہ تماکو نہیں سونے کے ورق پڑے غارت ہو رہے ہیں لاؤ سیر دو سیر خمیرہ ہی کوٹ لوں، تو اب سیب نہ اناس، کیئے تو شیرہ کیوں کر سے ملے۔ پروردگار قدردانوں کو سلامت رکھے دوڑا دوڑا مرزا حیدر کی ڈیوڑھی پہنچا۔ حقے کا شوق ہو تو اتنا ہو۔ ہر دم دس پانچ حقے تیار۔ پھر مرزا صاحب مزاج کے ایسے نرم جہاں چاہئے بلایئے، بھنڈی خانہ ساتھ ہو گا ساری محفل کو حقہ وہی پلائیں گے اور خوش ہوں گے۔ دیکھتے ہی مسکرا کے فرمایا، اماں ببّن صاحب، خیر تو ہے بکھرے وے چلے آتے ہو، میں نے کہا کیا عرض کروں سلطانی خمیرہ بنانا ہے اور اناس کا شیرہ آب حیات ہو رہا ہے۔ صدقے، حضور، اُٹھے، دست مبارک سے ایک چھوڑ دو ہانڈی شیرہ عنایت کیا۔ اور فرمایا بھئی استاد زادے ہو، تمہارے جدامجد شاہی بھنڈی خانے کے داروغہ تھے، یوں دیتا ہوں۔ یہ سیب کا شیرہ ہے نہ اناس کا، گھر میں گلاب کا تختہ ہے، مکھیاں پلی ہیں وہی رس لاتی ہیں اور برس کے برس مجھے دو چار سیر گلاب کا شہد مل جاتا ہے۔ اس کا لطف سبحان اللہ، دیکھنا خمیرہ اٹھتا ہے تو کتنے تاؤ کا اُٹھتا ہے"

عنبر تو آپ جانتے ہیں اس نسخے کی جان ہے۔ اصلی نہ ڈالا ہو تو فدوی قابلِ دار، دیکھئے نہ ماشے اللہ سے دو ہی کش لئے ہیں کان کی لووں سے پسینے کی بوندیں ٹپکی پڑتی ہیں۔ عرض کرتا ہوں جب سے یہ یورپ برابر کاغذ کی نلکیاں نکلی ہیں حقے کی قدر ہی جاتی رہی۔ ورنہ حضور کوئی ایک ذات کے حقے تھے۔ دربار میں "حسنِ محفل" رئیسوں کے ہاں "لب معشوق" پھر عظیم اللہ خانی، پیچوان، ہردم تازہ، مدریا، کلی، نریل، فتح پیچ، فرشی ایک ہو تو کہوں محفل میں آجائے تو معلوم ہو دلھن آگئی۔

والد مرحوم اکثر فرمایا کرتے تھے اور روتے تھے، کہتے تھے: میاں ایک دفعہ گزرا کسی رجواڑے میں، رئیس کو پرچہ لگا کہ فلاں آیا ہے، چوبدار کے ہات یاد فرمایا۔ گیا، سلام کیا، کہنے لگے بھئی تم شاہی بھنڈی خانے کے داروغہ تھے؟ جی بجا سا حضور نے۔ اسپر سو روپئے مہینے پہ رکھ لئے گئے۔ اتفاق کہ دوسرے ہی دن کوئی بڑا جلسہ تھا۔ میرے ہات کا بھرا ہوا پیچوان لگایا گیا۔ دم کھاتے کھاتے عنبر کو گرمی پہنچی درو دیوار مہکنے لگے۔ اتنے میں کھینچ شک آؤ دیکھا نہ تاؤ، زور کا ایک دم لے لیا۔ پھر کیا تھا۔ چکرا کے مسند پہ گرے اور بال بال سے پسینہ چونے لگا۔ پوچھئے کہ سلطانی خمیرے کا قوام یوں کھینچنے کا تھا۔ وہ تو ہمنال لبوں میں دبائی، ایک نرم میٹھی سی سانس لی، اور دو سانسوں میں اگھانے ہوگئے۔ فرماتے تھے ہم نے ایسے جنور کی نوکری کو سلام کیا اور گھر چلے آئے۔ تو سے پر خمیرے کی ایک ہلکی سی تحریر کا یہ عالم تھا۔ اب ہم انہی کی آبرو لئے پڑے ہیں۔ ملاحظہ تو تین بجے

کی بھری وی چلم ہے۔ چار گھنٹے میں ایک ہی توے کا تاؤ ہے۔ جان پناہ کبھی ہوادار پہ برآمد ہوتے۔ حضور جانتے ہیں فدوی کے جد امجد ہی پیچوان لئے جلو میں ہوتے۔ جان پناہ پیتے تو نہیں' ہاں نٹک سے کھیلتے ضرور۔ نٹک بھی سوسوا سو گز کی ناگن۔ لچھے کا لچھا لپٹا ہوا دادا ابا کے ہات میں اور دستگی جان پناہ کے۔ کبھی ہونٹوں سے لگا آدھا پون کش لیا تو لے لیا، حضور سانس کو بھی خبر نہ ہوئی۔ ایک ہم ہیں کہ ٹکے ٹکے پہ دم دیتے ہیں۔ اور گڑگڑ والے کہلاتے ہیں۔ قلیاں بردار کا نام ہی مٹ گیا۔

اے دو کش تو اور لیجئے، آپ کو میرے سر کی سوگند!

"اپنی موج میں"

نیم حکیم

کتنے ہی آئے اور اپنی بانگی دکھا کر چلے گئے۔ اب آپ ہیں "نیم حکیم" بازاروں میں، چوراہوں پر، سڑک کنارے، کچہری کے سامنے، اسٹیشن کا احاطہ ہو کہ چلتی ریل ملیں گے، کبھی فقیری بانے میں، کبھی سادھو کا روپ دھارے رہا ان کا دھندا، تو ہم کیا عرض کریں ان ہی سے سنئے۔

"شیخ سعدی اپنے مشہور دیوان گلستاں میں لکھ گئے ہیں۔ تھوڑا آپ پیچھے ہٹ جائیں صاحبان۔ فرماتے ہیں، حافظا گر وصل خواہی صلح کن با خاص و عام ؎ با مسلماں اللہ اللہ! با برہمن رام رام" اپنا بھی یہی نیم دھرم، یہی

طریقہ اور مذہب ہے۔ اس لئے مسلمان بھائیوں کو سلام اور ہندو برادروں کو رام رام۔ فقیر کو مسافر شاہ کہتے ہیں۔ پھرتا پھراتا۔ دیس بدیس کی ہوا کھاتا، شہر شہر کا پانی پیتا ہمیں اور صرف تین دن کے لئے مرشد پاک کے حکم سے آپ کی بستی میں آیا ہوں۔ کیوں آیا ہوں، میرے آنے کا سبب کیا ہے تو ایک جا رہتے نہیں عاشق بدنام کہیں دن کہیں، رات کہیں، صبح کہیں شام کہیں۔ تو سنئے۔ میں کوئی عالم فاضل نہیں۔ فقیر درویش ولی اللہ نہیں۔ کوئی بڑا گیانی ودوان نہیں۔ کوئی حکیم ڈاکٹر وید نہیں۔ ہاں آپ کے لئے ایک پیغام، ایک سندیسا، ایک خوش خبری لایا ہوں۔ چور نہیں، دغا باز نہیں، جھوٹا عیار نہیں۔ الہ آباد میں جہاں رہتے تھے خان بہادر امتیاز علی جج جو گورنمنٹ سے آٹھ سو کی پنشن پاتے تھے۔ جس کا جی چاہے پوچھ لے، مسافر شاہ کا تکیہ یعنی اس حقیر فقیر کا جھونپڑا مل جائے گا۔ اب آپ پوچھیں گے کیا ہے وہ سندیسا، کیا ہے وہ پیغام؟ تو میں کہونگا ——— بھائیو ذرا پھیل کے کھڑے ہو——— کیا کہوں گا؟ بارہ بارہ چوبیس برس کی محنت، ریاضت اور تپ تپسیا کے بعد، اس مالک پروردگار، ایشور نرنکار نے غیب سے ایک تحفہ عطا فرمایا۔ ساتھ ہی حکم ہوا کہ جا اور میری مخلوق تک پہنچا۔ مرشد اللہ کے صدقے، یہ خدمت اس فقیر پر تقصیر کو سونپی گئی۔ سو حکم سے معبود کے آج تیس برس سے یہ فقیر گاؤں گاؤں، قصبے قصبے، شہر شہر یہ از غیبی تحفہ محض راہ خدا، فی سبیل اللہ اس کی مخلوق کو نذر کرنا اور پہنچانے کی غرض سے بانٹتا چلا آ رہا ہے۔ اور آج آپ کے مجمع میں کھڑا مرشد اللہ کا سندیسہ سنا رہا ہے۔

اننا نہ ماننا آپ بھائیوں کا کام۔ بقول حافظ شیرازی ؎

مانو نہ مانو جانِ جہاں، اختیار ہے ہم نیک و بد حضور کو سمجھائے جاتے ہیں

بس، وہ ازغیبی تحفہ کیا ہے۔ دیکھئے، ملاحظہ کیجئے، یہ ایک گولی ہے۔ جس طرح بندوق کی گولی دشمن کا کام تمام کرتی ہے۔ یہ فقرائی گولی، یہ ازغیبی گولی، یہ طلسماتی گولی بھی اسی طرح آپ کے بدن، آپ کے شریر کے پورے ایک ہزار اکیس روگ جڑ سے اکھاڑ پھینکتی ہے۔ آپ لوگ ہات پھیلائیں گے، مانگیں گے، طلب فرمائیں گے، منت کریں گے خوشامد چاپلوسی سے کام لیں گے مگر نہیں۔ آپ پیسے دینگے، آنے دینگے، روپئے پیش کریں گے، اشرفیاں دیں گے مگر شاہ صاحب۔ اُوں ہنک۔ تو وجہ کیا۔ شعر عرض کرتا ہوں۔

سرمۂ مفتِ نظر ہوں مری قیمت یہ ہے کہ رہے چشمِ خریدار پہ احسان میرا

یہ اکسیر مفت لٹائی جاتی ہے۔ رہی یہ اشرفی بڑی چیز۔ ایک جھنجھی کوڑی۔ ایک تانبے کا پیسہ اسکی قیمت لینا شاہ صاحب پہ حرام ہے۔ پہلے سن لیجئے کہ یہ ہے کیا گورکھ دھندا۔ فقیر کو مرشد کے حکم سے آگے کہنے کی مجال نہیں بس اتنا ہی کہہ سکتا ہے کہ بوڑھا ہو یا بالک، جوان ہو کہ ادھیڑ، عورت ہو یا مرد، سر کے بال کی نوک سے پاؤں کے ناخن کی دھار تک بھیتر باہر، کھلے سے کھلا ڈھکے سے ڈھکا روگ، بیماری، یا مرض جو کوئی ہو کوئیں کے میٹھے پانی میں صرف تین غوطے دے کر پی لینے سے ہمیشہ کے لئے کافور، اور مریض اسی دم، اسی لحظہ، اسی گھڑی اچھا بھلا ہو کر اٹھ کھڑا ہوتا ہے۔ گولی میں کسی دھرم، کسی مذہب کسی نسبت کسی فرقے کے خلاف کوئی جز نہیں ہے۔ ثابت کرنے والے کو

آج، نہیں، اور ابھی مبلغ ایک ہزار روپیہ انعام دیا جائے گا۔ گولی میں صرف ہمالیہ پہاڑ کی ایک ہزار اکیس جڑی بوٹی، کستوری، کیسر، عنبر، موتی، مونگا، مانک، پنا اور دوسرے سترہ جواہر پڑے ہیں۔ اور تیس سال کی ریاضت میں گھٹ پس کر سب ایک ذات ایک صفات ہو گئے ہیں۔ ہمارا دعوا ہے کہ دنیا کے بڑے سے بڑے حکیم ڈاکٹر اور وید نہیں جان سکتے، نہیں بتا سکتے کہ اس گولی کے بھیتر مرشد کی دعا اور اثر کے سوا اور بھی کوئی چیز ہے۔

سر کی ہر بیماری ایک گھونٹ میں۔ گردن سے لے کر کمر تک ڈیڑھ گھونٹ میں، اور کمر سے پانوں تک کے ناخن تک دو گھونٹ میں روگ نہ چلا جائے تو فقیر اور اس گولی پر خدا کی مار اور پرماتما نارائن نرنکار کی پھٹکار۔ بس آپ صاحبان میں سے جس کا جی چاہے گولی مانگ لے خود کھائے دوسروں کو دے۔ گر مرشد پاک کا اور ایک فرمان بھی ہے وہ یہ کہ خدا کی راہ میں، اس سلسلے کو آگے بڑھانے اور قطب شمالی سے جنوبی تک لے جانے کے لئے جو کوئی گولی لے وہ کم سے کم ایک چوانی، اور زیادہ سے زیادہ لاکھ دو لاکھ دس لاکھ کیا سارا تن من دھن لٹا سکتا ہے۔ آج ہی لیجئے، ابھی لیجئے۔ کل صبح چھ بجے پہلی، اور آخری خوراک چھ بجکر ایک منٹ پر مریض چنگا۔ اور آج شام کو شاہ صاحب کلکتے یا رنگون کے لئے رخصت۔

"اپنی موج میں"

چمچڑ

وہ بھی کون؟ چمچڑ! دیکھ لیجئے نام ہی کتنا چپکتا ہوا ہے
ایک ہوتی ہے چچڑی جو کتے کے چمٹتی ہے اور چھڑائے
نہیں چھوٹتی۔ دوسرے ہوتے ہیں چمچڑ، جو آدمی کو چپکتے
ہیں اور ٹالے نہیں ٹلتے۔ بولیں اور بہت بولیں، بول بول
کے آپ کو زچ کر دیں پھر بھی بولے جائیں۔

"کبھی قسم سے اسوقت، یعنی واللہ چھین کر دو دن کی چوتھائی مانگتا تو
غیب سے تجوریاں برسنے لگتیں۔ سوچتا چلا آ رہا تھا کہ دس بج رہے ہیں،
آپ جلدی میں ہوں گے، دفتر آدھے دن کا ہے، کام تو سمیٹنا ہی پڑتا ہے۔

وہی ہوا چلئے اور کچھ نہیں سلام تو ہو ہی گیا ۔ مجھے بھی آج ڈھیروں کام ہیں ورنہ دو چار منٹ اور ٹھیرتا ۔ میں جانوں آج آفس کا معائنہ ہونے والا ہے جبھی یہ تلابیلی ہے ۔ اب آداب عرض کرتا ہوں ۔ مگر ہے ہے جلدی کے مارے کلہ ہی سارا لہولہان کرلیا ۔ ارے صاحب چھوڑیئے ان استروں کو ۔ اور ایک لیپ نکلا ہے وہ لائیے ۔ ادھر لگایا اُدھر ڈاڑھی غائب ۔ رخسارے صفاچٹ ۔ اندر سے کھال ایسی چکنی نکلتی ہے جیسے بالائی، نگاہ پڑی نہیں کہ پھسلی نہیں ۔ اور ہاں بھئی چلتے چلاتے یاد آیا کل آپ نے اس زلزلے کے بارے میں کچھ نکتے بتائے تھے، ایسی یاد کم بخت پر خدا کی مار، گھر تک پہنچتے پہنچتے ایک لفظ بھی جو پلے میں رہ گیا ہو ۔ خیر اب تو آفس کی جلدی ہے ورنہ میں ضرور کہتا کہ بھائی میرے رات بھر بے کل رہا ہوں ۔ بے کل کیا انگاروں پر لوٹا ہوں، یہ ان زلزلوں کی تہہ میں کیا بھید ہے ۔ ذرا پھر سے تو گننا ۔ لے حضرت تسلیمات عرض کرتا ہوں پھر حاضر ہوں گا اب تو آپ کو دفتر کی جلدی ہے ۔ مگر میں نے کہا چلتے چلتے یاد دلاتا جاؤں کل کی ریس نہ بھول جانا ۔ اب کے پنڈت رادھے شیام نے میری اور آپ کی وہ راس نکالی ہے کہ ایک لگائیے سو پائیے ۔ دفتر کی جلدی نہ ہوتی تو میں کہتا بھئی ذرا دیکھ بھال کے کہنا تو سہی، وہ بمبئی والے سیٹھ کے "طوفان" نے کتنے سے مار کھائی تھی؟ مجھے تو یاد پڑتا ہے کہ صرف گردن سے ۔ اور بھائی جان ایک بڑی شکایت رہی آپ سے وہ یہ کہ

——— اجی ٹائی پھر باندھئے گا، پتلون ٹھیک کیجئے ۔ گیلس لگانا

بھول گئے شاید۔ یہ تو ندی نکلنا بھی ایک عذاب ہے۔ چلئے اب کاغذات لیجئے۔ اور شکرم کے اڈے تک فدوی بھی ساتھ دیتا ہے۔ میں پوچھتا ہوں شکرم کے آٹھ آنہ گھنٹہ کیوں؟ اس سے تو اکا اچھا۔ دو آنے سواری کچہری کے لیتا ہے۔ شام کو کلب میں ملاقات ہوگی۔ اچھا بھئی رخصت اماں خوب یاد آیا، آج ہی تمھیں بھی دفتر کی جلدی تھی۔ ورنہ خیال تھا کہ صبح ہی صبح چار دانے پی کر، وہ بھئی بچی کا پیام آیا ہے تم سے چل کر مشورہ کریں گے، یہاں آکر دیکھا تو صاحب بہادر ڈریس کر رہے ہیں۔ خیر کوئی بات نہیں پھر سہی۔ اور وہ بات ہی کیا ہے۔ تم کچہری دربار کے آدمی ٹھیرے کسی سے پوچھ پچھ کے لڑکے کی ذات پات، صورت شکل، ڈیل ڈول، چال چلن، کام دھام کی ٹوہ لگا دیتے۔ سو تم دفتر کی جلدی میں ہو۔ اور ہاں بھئی کہا کہ دیکھ کے ایک ذرا مضبوط سی بائسکل لے لو، مگر دوستوں کی تو آج تک تم نے سنی ہی نہیں۔ ذرا چھچھوری سواری ضرور ہے، تمھیں تو یاد ہوگا شروع شروع میں جب سویرے سویرے میں اپنے یابو پر دو چار کوس کا چکر لگا کے یہاں آیا کرتا تھا، اور دس پانچ منٹ ٹھیر کر گھوڑ دوڑ کے میدان چلا جاتا تھا۔ ہائے کیا دن تھے وہ، قسم سے آج بالا ملا تھا۔ یاد آیا کون بالا؟ ارے بھئی تمھاری یاد تو بہت اچھی تھی۔ ہم سب رشک کیا کرتے تھے، لاکھوں ستاروں کے نام ہی جو ازبر تھے تمھیں۔ ارے بھئی بالا پرشاد! اپنے ساتھ رائٹ ہاف سے فٹ بال کھیلتا تھا، وہ!۔ تو بھئی ملا تھا اور کہہ رہا تھا، استاد دم تو نہیں رہا۔ ہاں کچھ بھپکیاں بے تنک کر کے یاد رہ گئی ہیں۔ کھیلو تو مون لائٹ کو چیلنج بھیجدیں۔

مرنا تو ہے ہی، فیلڈ پر دم کیوں نہ دیں۔ لو بھئی اب چلے، یوں کہ اپنی بھاوج کی نادر شاہی تو سنی ہی نہیں تم نے۔ کیا بتاؤں بھئی نچھری جا رہے ہو نہیں تو ساری داستان سناتا۔ آج نور کے تڑکے سے گھر بھر کی چار پائیاں، پلنگڑیاں، کھاٹ کھٹولے آنگن میں لا ڈالے ہیں۔ پانی تیار ہو رہا ہے اب وہ گرم پانی ڈالیں گی اور مجھے حکم ہے کہ ایک ایک کھٹمل چن کے بوتل میں بھر دو، پھر مجھے دکھاؤ، ڈاٹ لگاؤ، مہر کرو اور لے جا کے ندی کی بیچ دھار میں گھما کر ایسے پھینکو کہ پاتال چلی جائے۔ پھر نہ ابھرے۔ اور بھائی میرے قسم سے ان موذیوں نے ناک میں دم کر دیا تھا اس ڈکھیا کا۔ میں جانوں اب تمھیں دیر ہو رہی ہے شوق سے سدھارو۔ ایسے بھئی اتنی دیر سے بیٹھا سوکھ رہا ہوں، چار تو تم کیا پلواتے جلدی میں ہو۔ حقہ اور پانوں کا خاصدان تو بھجواتے جاؤ۔

"اپنی موج میں"

بھٹیاری

بی گنّا! برس چالیس ایک کی، بھربھی کاٹھی کی مضبوط، انگلیٹ کی بھری، چتونوں کی تیکھی، منہ کی کڑوی اور مزاج کی جیسے ڈائنامیٹ، اودے آنچل پلّو کا لال چھپا تا دوپٹہ، موٹی چکن کا کرتی جوڑ، اور یہ پوٹ کی پوٹ مومی چھینٹ کا لنگا پہنے، گلے میں ڈھولنا تختی، باہنوں پہ نونگے جوشن، ہاتوں میں چوڑی چھنی کنگھی چوٹی، سُرمے مسّی سے چُست بی گنّا بڑھیوں کی بھٹیاری!

"نامیاں، میں ایک تمہیں سننے کی اس بیچ میں۔ کوس کوس کے آج اس بجھل بائی کی کھٹیا سرائے سے نہ نکلوائی تو گنّا بندی کو سیدھی ہانت کا کھانا ایسا

جیسے توبہ توبہ بری چیز! دیکھا تھا اُس وقت، کیسے نین مٹکا مٹکا کے خندی میرا بنج اچک لے گئی تھی "ٹھنڈا پانی نیم کی سایہ" - اے شرم نہ آئی بجا کو - مُردی جونک ہے جونک! مسافر کی بو پالی نہیں کہ چمٹی نہیں۔ بابو کو بھی نہیں پتا کہ موئی دو چھلنگی کھٹیوں، اور مٹی کی تین ہنڈیوں کے سوا بی لڈو کے دھرا کیا ہے! مختیار کاری آنکھوں پہ پٹی باندھ کے کرتے ہیں۔ ؟ ارے کل بھلے چنگے ریل سے اترے - تم جانو بابو کی اور "اِن" کی پرانی یاد اللہ ہے، گنا، گنا کرتے سیدھے آگے بڑھے اتنے میں رستہ کاٹ، بستر اور بغل کا بستہ چھین لوالے گئی اپنی کوٹھری کو۔ بی گنا اپنا سا منہ لئے جھنجھنا ہلاتی رہ گئیں۔ ایک تو مسافر ویسے ہی گلری کا پھول ہو گئے - ان موندی کاٹے ہوٹلوں نے الگ ہمارے پیٹ میں جگو پھونک رکھا ہے۔ تین دن میں یہ ایک مسافر کی صورت دیکھ پڑی تھی تو وہ کلو نیا دبوچ کے لے بھاگی۔ چیل کی ذات ہے چھگو کی۔ اے وہ تو اُس دن سے بغض لئے بیٹھی ہے، حسد سے میں نے اس کی بہنگی مرغیا کے دسپنا مارا، اور وہ لنگڑی ہو گئی۔ پھر نہ مارتی؟ ٹھواری لالہ کو ہو۔ ہی دیر کچہری کو۔ میں اتنے میں اُن کا نرمل بھروں، اتی دیر میں بھری کنڈلی آٹے کی۔ ہٹا بنجون سے اوپر ڈھکی چھیڑیا، گوندے کے گوندے آٹے مسکے کھائے اور پکا ڈھائی سیر رِزق نجس حرام کر گئی۔ مالک کرے کیڑے پڑیں، پلو یا کی گور میں۔ جیسے پال پال کے اس نے مرغی مرغا مسنڈے بنا رکھے ہیں۔

اُس دن میرا لالو بھوک کی لگن میں ایک موا مریل سا بچہ توڑ گیا،

تو سنا تھا میاں، کیسی کیسی ہائے ویلا مچائی تھی اُس نے۔ اور کیسی کیسی ملاحیاں دی تھیں؟ دیکھی تھی اُس دن اس کی زنبیا کی بہار؟ گریبان سے ہات ہات بھر باہر نکلی پڑتی تھی۔ اللہ نہ کرے اشرافوں کے منہ سے یہ باتیں نکلیں۔ ایک ہم بھی تو ہیں۔ سرائے بھر میں ہمارا نام لے کے انگلی تو کوئی اُٹھا دے، کوئی کہہ تو دے تو اُس وقت بے جا پہ تھی۔ اس حرافہ کی تو زبان کے آگے کھائی ہے نہ خندق، یہ نصیباً کے ابا تھے، موئے بوبک کہیں کے۔ ٹھڈا ٹوٹے کنکوئے جو اسکی ہائے زاری پہ ڈھیلی کو کھینچ گئے۔ ہوتی گنا بندی، ادھی کی چار پھوٹی کوڑیاں تو دیتی نہیں۔ ادکستی ہو گیا تو ٹھینگے سے، اچھا گیا، لالو نے تیرا بچہ ہضم کرلیا۔ ایسا ہی پیارا آنکھوں کا تارا تھا تو ٹابے میں رکھنا تھا، بلا جنور ذات پھر بھوکا، جھٹ کر گیا۔ تو جو مسافر کو دیکھتے ہی جھپٹا مارتی ہے، کھینچ کھینچ کے بن تحق کی زبردستی کو انھیں لے جاتی رہے تو میں کچھ نہیں کہتی۔ کل فجر کی ٹیم سے وہ ریلوائی کے گاڈ صاحب اترے سکتے اُن کا سدا کا ٹھکانا اگنّا کی کوٹھری مجھے پیارتیں نصیباً کے ابا کے سامنے گُڈ گُٹُو کہا کرتے ہیں۔ اے میاں اب نہ تو ایسے پٹکی جیسے چوہے پہ بکٹی۔ یہ دیکھ کے تم جانو میری ایڑی سے لگی، سو چوٹی میں آن بجھی۔ اتار کے پاؤں سے آرام پائی ایک ماری کھینچ کے۔ مردار کی کلائی پہ لگی۔ جھنر جھنر کرکے اٹھنی کا جوڑ ٹھنڈا ہو گیا، میں نے کہا "اور اٹھا ان باتوں سے گاڈ صاحب کا اسباب"۔ مارہات، جھین بستر لائی گاڈ صاحب کو گرم پانی کا لوٹا بھر کے دیا۔ اتنے میں منہ دھوئیں دھوئیں، جھٹ ڈوری کھول بچھونا بچھا، لالٹین سرہانے رکھ، چٹ سے سلفہ بھر دیا۔ پھر انھوں نے

پکوائی کلیجی، اور اُڑد کی دھوئی دال، اور میں نے دیں اپنے ہات کی گرم گرم باجرے کی دو روٹیاں۔ پیٹ بھر کھا، ٹھنڈا پانی پیا۔ اتنے میں آگیا ایلم نکلنے والا، لکھا پڑھی کر کے لے گیا۔ یہ بیگم صاحب لہنگا پھڑ کاتی پہلے تو ادھر اُدھر کے چکر کاٹا کیں۔ پھر تھکیں تو بدُر بدُر بستی کا لا منہ کر گئیں۔ تو بات یہ ہے کہ میاں آپ کی سلامتی میں مسافر کے یوں تتے سیلے کیا کرتے ہیں۔ اور نہیں تو۔ یہ تھوڑی کہ خیلاپنے سے کسی سے مسکرا دئیے، کسی کو انگوٹھا دیا، کسی کا منہ چڑا دیا، کسی کو آنکھ مار دی اور مسافر کو لبھا لائے۔ ہم ستر ہات کی دیکھنے والیاں ہر دیگی تھیے تھوڑی ہوتے ہیں۔ اور یوں تو مسافر کو رجھانے کے لئے سو فن فند سے کرنا ہی پڑتے ہیں۔ اللہ رکھے نفیبن کے ابا کی مسیں بھیگیں، اور گنا باندی بھی اُن دنوں، خیر، آدمی کا بچہ تھی۔ پھر مجال پڑی تھی کسو کی جو آدھی بات تو منہ سے نکال دے۔ اُدھر وہ اپنے گھر کے لال، ادھر میں اماں باوا کی لاڈلی۔ بہتیرا چاہیں آنچل کا کونا دیکھ لیں، پر کہاں نصیب! پنجا اسلامی ہوئی، شرع کے دو بول پڑھ گئے تب کہیں گنا کا منہ دیکھ پائے،

توبہ توبہ، کم بختی کی ماری نے گھنٹہ بھر تجوایا۔ الہی مُردی کے جنازے پہ قیامت ٹوٹو۔ اسے وہ پھر آئی! کُڑی گُردی! اچھا ٹھیر جا لنگڑیا!

"اپنی موج میں"

مُشاطہ

مشاطہ! اور فرماتی ہیں:-

"خُلد سے حوروں کو باتوں میں لگا لاتے ہیں
پردۂ قاف سے پریوں کو اُڑا لاتے ہیں
چرخ سے توڑ کے مہتاب و سہا لاتے ہیں
کام بگڑے ہوئے ایک دم میں بنا لاتے ہیں
شام کو شام، سحر کو نہ سحر گنتے ہیں ہم تو اڑتی ہوئی چڑیا کے بھی پر گنتے ہیں

سنا آپ نے یہ ہیں بی مشاطہ - اب دوسرا رنگ بھی دیکھئے۔

"ہئے ہئے! زبنیا تو دیکھئے کٹنی کی۔ کیسی کترنی کی طرح چلتی ہے۔ الاتونیاں ہانکنا، بوخیں مارنا کوئی تجھ سے سیکھے۔ چل خندی، تجھے آتا ہی کیا ہے اس کے سوا۔ میری تیری پیاما سلامی کرنا، منگنی بیاہ ٹھیرانا، پھر دولھا دلھن کے سہرے کے پھول کھلنے تک سمدھیانوں میں کھُرے کھُرے توڑنا، اور تانا بانا کرتے پھرنا۔ اللہ ری چالاک حرافہ! لڑکے کا پیام لائیں تو "اے اللہ رکھے برس بیس اِک کی جان، شباب کا عالم، جوانی کی راتیں مرادوں کے دن۔ گاؤں میں گراؤں ہیں۔ یہ پکی حویلی کھڑی آسمان سے باتیں کرتی ہے۔ دینا لینا تو واقعے اللہ سے ایسا ہے کہ وہ جو کہتے ہیں، ہات میں ہڈی نہیں۔ بندے خدا کے۔ پھر جگہ جگہ کارخانے الگ چل رہے ہیں۔ خود چین سے مسند تکئے پہ، گماشتے کام کرتے ہیں۔ میری آنکھوں میں خاک، روپئے کی وہ ریل پیل، کہ بہا بہا پھرتا ہے، دم پہ دم ہُنڈیاں چلی آرہی ہیں۔ بس کمی ہے تو ایک ہے، اس دلھن کا کوئی کھانے والا نہیں۔"

لڑکی کی بات لائیں تو "کیا کہوں بیگم، رسالدار کی بیٹی! اسنی نہیں آنکھوں دیکھی کہتی ہوں، ہزاروں لاکھوں دیکھ ڈالیں، پر اس شان کی لڑکی میری نگہ سے تو گزری نہیں۔ میں تو میں، بڈھی بڈھیوں کا یہی کہنا ہے۔ صورت دیکھئے تو اللہ پاک نے جیسے اپنے ہات سے بنائی ہو۔ چندے آفتاب، چندے ماہتاب، اِن میں کلف، اُس میں جھائیں نہیں۔ دسوں انگلیاں دسوں چراغ۔ لمبے گھنے بال، گھنگھور گھٹائیں، نرم جیسے ریشم کے لچھے۔ سیدھا سر گندھا ہوا، ڈھیلی ڈھیلی کھجور واں چوٹی، پیٹھ پر ناگن سی لہرائے۔ کان کی لوئیں

کیا، گلاب کی پتیاں، ان میں ہیرے کا ایک ایک بندہ۔ گوری گردن پہ جس کی چھنک ایسی پڑے جیسے برف پہ چندا کی چاندنی۔ کھلی پیشانی، پتلی پتلی چڑھی بھویں۔ کڑے چلّے کی کمان جیسی کھنچی ہوئی۔ ستواں ناک، پتلے پتلے ہونٹ، دانت موتی کی لڑیاں، ہنسے تو پھول جھڑیں، کبھی بجلی چمک جائے۔ ابھی کنوار پنا ہے، رنگا پیلا جمی جم پہنتی ہے۔ پر یہ سادگی بھی کھائے جاتی ہے۔ لاکھ لاکھ بناؤ دیتی ہے۔"

بس کسی کو یوں گھالا کسی کو دول پٹیلا۔ دونوں طرف سے اپنی مٹھی گرم کی۔ حلوے مانڈے سے کام، مردہ دوزخ میں جائے کہ بہشت میں۔ الفیتول نے مشاطہ کے نام کو کلنک لگایا۔ اَرے ہمارا کام ہے شاہی محلوں میں نوابی ڈیوڑھیوں میں، بیگموں کی خدمت کرنا، انکو سنوارنا، کنگھی چوٹی کرنا، پوشاک پہنانا، زیور گہنا سجانا،۔ جھوٹ کہوں تو ان ہاتوں سے رزق کھانا نہ ملے، مینڈھیوں سے لے کر دلھن بنانے تک انہی ہاتوں سے شہزادیوں، نواب زادیوں کے سر سے کھیلی ہوں۔ سنگار بناؤ کی تو ہوا بھی نہیں لگی بنّوں کو، کیا جانیں اُدماتی، اچھال چھکائیں، کہ سلامتی میں حضور کی چھتیس ابرن، سولہ سنگار کس چڑیا کا نام ہے۔ بال سونتنے تک کی تمیز تو ہے نہیں۔ اب دیکھئے کل ہی چھوٹے صاحب عالم کی ڈیوڑھی میں مجرا عرض کرکے آئی ہوں۔ پرسوں پچھلے کو ملکہ ثریا جہاں کے مہندی لگائی تھی۔ منہ اندھیرے ہی خلوت کے کمرے میں حاضر ہوکر کورنش عرض کی۔ کنول بردار نے شمع کو دوپٹے کی آڑ میں لے لیا، میں نے حنا بند کھولے، پھر دیکھئے ایک ذری کے

ذرہی کو دوپٹے کا آنچل ہٹ گیا۔ پل بھر کو روشنی پڑ گئی۔ رنگ ماند پڑ گیا۔
موتیا کا عطر مل کر ہاتھ پاک کرائے۔ آفتاب جبین نے ہاتھ دھلائے۔ اوٹ
لگی۔ ہلکی فالسئی رنگ کی اطلس کا پیجامہ پسند آیا۔ آبِ رواں کا دوپٹہ چنا۔
سادگی پسند ہیں۔ ماشے اللہ سے تیلی کرن سے بڑھ کر مسالا جی کو نہیں بھاتا۔
اس کے نیچے ڈانک کے کام کا بجلی جالی کا کرتی جوڑ۔ پھر تیل گیری ڈال کے
کنگھی کی۔ بال بال نکھارا، روغن جمیلی ہتھیلیوں پر چپڑ کے پٹیاں چکنائیں۔
اور محرابیں جھکا دیں۔ مسی کی دھڑی دے کے دانت نکھارے۔ ہونٹوں پہ
لاکھا جمایا۔ زیور کا صندوقچہ کھول کر زمرد کا سراپا نکالا' ہات میں ایک ایک
جڑاؤ چوڑی، آگے موتیوں کی سمرن گلے میں دو لڑا ڈال کے آئینہ پیش کیا۔
قامت پہ نظر پڑی، آنکھوں ہی آنکھوں آپ اپنی بلائیں لے لیں' اور انگلی
سے سونے کا چھلا اتار کے لونڈی کو بخشا۔ تو سلامت رہیں حضور۔ دن
بیتے زمانہ گزرا۔ اب ہمارے قدردان ہیں نہ ہم خود"

"اپنی موج میں"

مغلانی

ایک نواب کی ڈیوڑھی دیکھئے ذری دھیرے دھیرے سرا پردہ کھچا ہے۔ سامنے مونڈھا ڈالے ململ کا ڈھیلا انگا، سر پہ ٹیڑھی بتی موچھوں پہ تاؤ دئے، ڈاڑھی چڑھائے، کیدان صاحب بیٹھے ہیں۔ زانو پہ کھانڈا دھرا ہے۔ چوبدار، روتے، اور ہرکارے "حاضر حاضر" کرتے دوڑ دھوپ رہے ہیں۔ ان کی آنکھ بچا، کتراتے ہوئے یکسرا کے اندر پہنچے، یہ تو دنیا ہی بدل گئی۔ تریا راج ہے۔ مردوں میں سے دے کے ایک نواب، باقی انکی بیگم، اور نہ جانے کتنی خواصیں، کتنی مہریاں، چٹھی نویس اور پہرے والیاں، قلماقنی اور اُردا بیگنیاں، انہی میں وہ بڈھی پوپلی، نواب اور

بیگم کی منہ چڑھی مغلانی۔

"ہے ہے غضب! اب دیکھئے یہ چھتیس کلی کا پیجامہ جو سینگ لگ گیا یہ کس کے حساب میں! اے تجھ پر خدا کی سنوار، جنم میں تھوک مونڈی کاٹنے کے۔ نہ جانے کب کا پرانا طاقہ اٹھا کے بھیجدیا۔ ہاتوں میں اتنی جان ہی کس کے ہے جو زور کرتی۔ ایک ذری جھٹکی سے چھوتے ہی غلطاں تھی کہ چھوئی موئی ہوگئی۔ ٹھیر تو سہی، میں بھی اپنے نام کی ترنجا خانم نہیں جواب گئے تو ڈیوڑھی پہ آئے اور تیرا منہ کالا کرا کے گدھے پہ نہ سوار کرایا ہو۔ کیسا موا سیٹھ چنی لال! چنوا ہے چنوا۔ بے مان کہیں کا۔ آنکھوں میں دھول جھونک کے سڑا گلا ریزہ دے گیا۔ اور ڈیوڑھی میں تو سلامتی سے سب کی آنکھوں پہ چربی چھائی ہے۔ کسی سنے لڑ مٹے ہاتوں پھوٹی آنکھوں سے اتنا نہ کیا کہ لاؤ کھبٹی تھان کی چار تہیں پلٹ کے دیکھ لیں۔ اب کوئی نہیں کہتا کہ بڈھی مغلانی کا جونڈا جو منڈے کا وہ کس کے نام پر۔ ہے ہے! کل خواص بھیجکر یاد فرمایا اور صدقے جاؤں کس پیار سے کہنے لگیں "مغلانی" سلامتی سے اب کے چاند کی نریں کو نواب کی سالگرہ ہے، ہم تو اس دن کارچوبی گوٹ کا پیجامہ اُسپر بلبل چشم کا سادہ دوپٹہ اوڑھیں گے" میں نے کہا "واری ایسے پیجامے تو ماشاء اللہ سے اس ڈیوڑھی کی باندیاں پہنتی ہیں۔ میں اپنی سرکار کے لئے اب کے کلیدار بھی وہ بیوتوں گی کہ تصویر میں عیب، اور اس میں عیب نہیں۔ کارچوب کی گوٹا، دھان پان سا تو ڈیل ہی ہے، میری آنکھوں خاک، سنبھلے گی کس سے" یہ سنتے

ہی منہ تھتھالیا۔ میں نے دیکھا تو ماتھا کوٹ لیا۔ بیگم للہ کے واسطے یہ پھول سا چہرہ ترنجا بندی سے نہیں دیکھا جاتا۔ کارچوب ہی سہی۔ یہ خواصیں مردار کس دن کے لئے ہیں، پلنگ سنبھالیں گی۔ تو اب دیکھئے غلطاں کی تو یہ گت ہوئی۔ رات نہ صبح کل سلامتی نے سے شگون کا دن ہو۔ جنوا بے مان کچھ نہ کوسوں گی۔ مالک کبریا، اسکا دِوالہ نکلے، کوڑی کوڑی کو محتاج پھرے، جیسا اس نے میرا منہ کالا کرایا ہے۔ اور یہ کلیجڑیاں، یہ سرکاری خواصیں، ایسی بڑی ڈھیٹھ ہے کچھل پائیوں کی، ایک قت تجھ کو دیکھیں تو سرمہ کردیں۔ کیا میں نے دیکھا نہیں۔ اے طاقتے پرنگہ پڑتے ہی وہ اچھاں جھکا فیروزہ دیدے مٹکا مٹکا کیسی کہہ رہی تھی کہ غلطاں کی طاقہ نہیں، چمن میں بہار آئی ہے، ماشاء اللہ بیگم پہنیں گی تو جان پڑے گا مسند پر پھول پری بیٹھی ہو۔

ایں، تبلیخے بیدار ہوگئیں۔ یہ بچوان کی یاد ہو رہی ہے۔ اور اس نین منگو نرگس کے بھائیں نہیں۔ ڈیوڑھی میں نہ جانے کہاں کا آخور بھرا ہے۔ ایک خفتل بھی سلجے بھر رکھنے جوگی نہیں۔ نہ جانے کال کی ماری کہاں سے آکر مری ہیں۔ نرگس، نرگس، کانوں میں روئی بھری ہے؟ سنائی نہیں دیتا۔ سلامتی سے بیدار ہو چکی ہیں۔ ایک سیوں سے جو یہ بچوان بسا رہی ہے تو دھوپ مہتابی سے اتر چکی، بسا ہی رہی ہے تو۔ بسائے کون؟ دونوں وقت کا تنجن پلاؤ کھانے کو، پہننے کو مشرو اور جنگل باڑی، جلدی سے جا باتوں چکنی کا سوں خوار۔

یا صاحب، بیچ بی اہزار نعمت کھائی، بڑے نواب جنتی نے اسدن کیلئے نہیں رکھا تھا کہ ڈیوڑھی میں ایسی ایسی بازار کی بیٹھنے والیاں اکٹھی ہوں، اور ترنجا خانم ایک ایک کے منہ کے تنکے چنے، وہاں جماہیاں لے لے کے وہ کروٹیں

بلبل رہی ہوں گی، یہاں کسی کو اصلا خبر تک نہیں۔ ہیں دیکھئے، مرغا بولا، موںڈ کٹی ما جان ہار جوانی پٹیا، روز شبوں شبوں جان کھاتا ہے، اٹھی چوکی پہ گئی، ہات منہ دھو، گلوری کوٹی اور کرن پھوٹتے ہی چاندنی پہ طاقہ بچھا کر بیٹھی ہوں تو اب جا کے بیچ کی کلی کاٹ ہی رہی تھی جو غلطاں نے دغا دے دی۔ اور میں نے قینچی رکھی۔ بلواتی ہوں ڈیوڑھی پہ اس نا سزائی جینوا کو۔ اتنے زیر بند گلوائے ہوں کہ اور ہاں سلامتی سے آج مہندی بھی تو لگنا ہے۔ خاوند تیار ہیں۔ اور ٹیکی، پڑے بگوڑی یاد پہ سُنار نہ جانے چھلا بھی لایا کہ نہیں۔ یا بیگم کی مٹھی یوں ہی مُند جائے گی۔ سن لینگی تو فرمائیں گی، وہ بڈھی ڈھنڈو ترنجا کیا کر رہی تھی۔ شگن کا چھلا نہ رکھا۔ سونی مٹھی بندھوا دی۔ اور نہ جانے وہ مدھ ماتی عاشورن کہاں ہے۔ کچھ نہیں جب سے اللہ رکھے بیگم نے ڈائن کے دو بول کرا دئے ہیں۔ عشرہ یا ہے اور وہ موا لبلنگا مردوا، اور اس کے تتے سیلے۔ نہ جانے بیگم پہ کیا جادو کر نا کر رکھا ہے، پلٹ کر نہیں دیکھتیں کہ بی عاشورن ڈیوڑھی کے لئے ہیں یا دن رات خاوند میں ٹنگے رہنے کو۔ موئی ندیدی جہان بھر کی۔ سلامتی سے سرکار بیدار ہوں۔ خاصہ خاجائے تو لے جا کے غلطاں کا طاقہ پانچ ہزار صلواتیں تو سناؤں دار وغہ صاحب کو۔ موئے افیمیو، چانڈو بازو! جینوا کے سوا انھیں کوئی اور بزاز جڑتا ہی نہیں۔ پھر بیگم سے کہوں کہ اللہ رکھے اگلے برس سال گرہ پہ جوڑا سی کے پہناؤں گی، اب تو اس کل موہنے جینوا کے نام پہ کچھ کہہ کے چپ رہیئے۔

"اپنی موج میں"

ماما

گھر کی کمن باری۔ ہانڈی روٹی کرتی ہیں، روپیہ پہینہ، دو وقتی کھانا۔ جٹھورتی ہیں جوٹتی ہیں۔ اسپہ ٹری، آئے دن جھگڑے نت نئے جھنجھٹ، کوسے کاٹے، آئیں تو آگئیں نہیں تو گھر بھر فاقے سے۔ آپ بیں، کنبہ پالیں، پکڑی جائیں بدنام کریں۔ یہ ہیں اپنی "ماما"

"دور مونڈی کاٹے، خدا تجھے غارت کرے۔ کسی کی آئی تجھے آجائے۔ سبوں سے کائیں کائیں کرکے جان کھالی۔ اب حلقیا میں دوزخی کی کاٹنے پڑے، تو پھر پھر چوپنیں سوکھی مرچوں کے لئے جارہا ہے۔ اب وہ تیری

اماں اُٹھ کے چٹکی چٹکی لون مرچ کا حساب لین گی تو کیا کروں گی، تیرا سر کلموہے۔ ہاں! یہاں تو دانے دانے، رتی رتی پہ مُہر لگی ہے۔ بھاگوں سے ایسی ملی ہیں گھر کی بی سہاگن۔ کنکری کنکری پہ آنکھ رکھتی ہیں۔ اب یہ ایک ہانڈی کی مرچیں جو اس پاپی کے گٹے لگیں سو کون بھرے گا۔ لے گیا یہ جوانی بٹیا، نام ہوگا دکھیا ماما کا۔ نوج کوئی ایسی کن ٹکنی کے پالے پڑے، مہینے پیچھو مِن ربلی سبھوں تمام گھُنی کے دو روٹ، چُلو بھر دال دے کے اپنے حساب ماما کو موں لے کے چھوڑ دیا۔ مجال ہے موہی کی جو دو چھیچھڑے گوشت کے یا تلچھٹ کا نبلا شوروا لے جا۔ کہنے کو نعمت خانے میں بھر دُہنی گھٹی رہتا ہے۔ کدی کدی آنکھ بچا کے میں ہی چمچہ دو چمچے نکال لوں تو بھلے ہی نکال لوں، نہیں تو اللہ کی بندی ہماری سخی داتا بیگم کو اتنی توفیق کہاں کہ لو بوا نصیبن گاؤں کا گھی ہے۔ گڑ کی دو ڈلی لے لو اور تم بھی منہ چکنا لو۔ ایک ہو کہ دو ہو کتنی گناؤں۔ وہ غریب خاوند ایسی بڑا خراٹے ہی لے رہا ہے جو لحاف میں سے نکلا "ماما! ماما"! تو سمجھو کہ ماما کی مالا جپنی شروع ہوگئی۔ اِس کروٹ ماما، اُس کروٹ ماما، یوں ہی تو میں سبھوں ٹھیک گجر دم آتی نہیں۔ اور شامت کی ماری آگئی تو چپتی سادھے بیٹھی رہا کرتی ہوں۔ بڑی ماما، ماما رشا کرو۔ میرا ٹھینگا جواب دیتا ہے۔ وہ تو کھو مرد نرما مل گیا ہے، جو نباہے جاتا ہے۔ نہیں تو بڑی روتی سر پہ لے کے کہتی ہوں، ایک گھڑی، ایک لمحے کو تو ٹکتی نہیں ایسی نسوڑھی کے گھر میں۔ ہاتھ پاؤں سلامت جس کے تتے سیلے کروں گی، سر آنکھوں پہ بٹھائے گا۔ آج کو گھر میں اس نیک نصیب میاں کا دم نہ ہوتا تو قلعت پڑ جاتا بیگم کے گھر میں۔ کوئی ماما ایسی کھٹکنی بھی اس

گھر کے پاس۔ اللہ رکھے۔ عید بقرا عید کو گھر میں کسی کو نہیں سب سے پہلے نصیبن کو چار آنے کے پیسے ضرور کر کے دیں گے۔ اور کبھی کبھار پٹلیا بھر آٹا، نہیں، تو چھٹنکی آدھی چھٹنکی گھی لے کے نکلو، بھلا آدمی دیکھ لے اور آنکھ چرا لے۔

وہی بیوی ہیں، جن کے آگو چیل بھی اندھی۔ کن انکھیوں سے دیکھتی رہیں گی۔ ادھر رات کی باسی میں نے نیفے میں گھڑسی، اُدھر پلٹ کے دیکھو تو کیا، تیتری سی اڑیں اور سر پہ آن کھڑی ہوئیں۔ پھر جو کلھا توڑتی ہیں تو بوا، کوئی کھنی ان کھنی اٹھا نہیں رکھتیں۔ ایک مردار، سنفل سے جو اٹھتی ہیں تو نہ جانے کون کون زادی، اور چوٹٹی، چڑیل، کلموہی، جوتی خوری، جو منہ میں آیا کہہ ڈالتی ہیں۔ نکلا تو کیا، چار چپاتیوں کے ٹھیکرے۔ یہ کوئی آج کی ہے جو نہ کروں، میں تو چلو تمھارے گھر کی دو وقتی پہ رہ بھی جاؤں۔ یہ اللہ کی جان میری غفریا اور اسکا بڑا بھیا نسوا، اور میرے سر پہ سلامت رہیں اچھی خوراک کھانے والے دونوں کے ایا کیا کھا کے رہیں۔ کہو تو کہتی ہیں "نصیبن ہم سے تجھ سے تین روپئے مہینہ، دونوں وقت کی روٹی ٹھیری ہے، سو اپنی لئے جا، یہ بہت پھیریاں اس گھر میں نہیں چلیں گی۔" کہنے کو تو میں نے اچھا کہہ دیا، اور میں نے کہا "لو بیوی اپنا اپنا تلا کام، منہ پھیروں تو رزق نہ ملے۔ پر آج سے دیکھو گی؛ نصیبن بندی کو ایک سے ایک فن فریب آتے ہیں۔

لو بوا، باتوں باتوں میں مسالا پس گیا۔ اب جلدی سے قیمہ بھون دوں، نہیں تو اٹھتے بیٹھتے ماما ماما کر کے کان کے پردے اڑا دیں گی۔"

اپنی موج میں

استاد جی

گاتے ہیں، بجاتے ہیں۔ چھریرے بدن کے، گجرائی رنگت، چینچ سامنہ۔ اپنے سے دونے ناپ کی کہنیوں پہ مسکی ہوئی میلی سی اچکن پہنے، زردوزی کی سلمہ جھڑی قدحیا ٹوپی کانوں پہ ٹکی ہوئی۔ طنبورہ چھیڑا، سُر الاپ کیا، استائی کا دھرم کرم دکھا انترے کی سیر کی۔ دُگن سے تگن تک ایک ایک سُر کو روشن کرکے تان پلٹوں میں گھسے، اور گھوم گھام کے ولمبت پہ آگئے۔

واہ وا، سبحان اللہ! تعریف کے پُل بندھ گئے، "آپ کون؟"

کہئے استاد جی۔

"قربان جاؤں، کیا سچا نقشہ کھنچا تھا راگ کا کہ ابھی تک معلوم دیتا ہے بِلاول یا تھ

باندھے سامنے کھڑا ہے۔ ہے ہے کیا مشکلات تھیں۔ کیا تانوں کے لچھے تھے جیسے اُلجھا ہوا ریشم۔ پر صدقے میں اُن جوتیوں کے خوب ہی تو سلجھے۔ کس کھجھوری سے ایک ایک مُرکی نکھری کہ حضور منہ سے بولنے لگی۔ یہ تو ذرّہ نوازی ہے ورنہ سچ پوچھئے تو عرض کرتا ہوں خداوند کہ غلام ابھی تیور کومل کا فرق نہیں جانتا، چڑھی اتری، سے بے خبر ہے۔ تصدق نام پہ اُن کے، بندگوں کے یہی دو چار چھینٹے تو پلّے بندھے ہیں۔ گانے کو تو یوں پیرو مرشد کون نہیں گاتا۔ ٹھاٹھ کا راگ ہی جو ٹھیرا۔ پر اس گھرانے کی چھب سب سے البیلی ہے۔ گندھار اور مدھم کا سنجوگ! اے معاذ اللہ! بڑی مشکلات تھیں۔ وہ پانی کر دیں کہ بڑے بڑے گُنی راگ دھاری پیر خانجی کا لوہا مان گئے۔ اور دوسروں کے اَنش کی خاطر گنڈا بندھوالیا۔ اور، ہے ہے کوئی نہیں کہتا کہ بعث نظر خود حضور ماشے اللہ سے بلا کے گن رس ہیں۔ مزہ بھی پیرو مرشد تبھی کا ہے کہ محفل میں سمجھدار بیٹھے ہوں، یہ نہیں کہ کوڑمغز جو بھاگ اور بھیروں میں تمیز نہ کر سکیں۔ میں دیکھ رہا تھا، گلے پر تگن کا دباؤ پڑا ہی تھا کہ اِتنے میں نہ جانے مچھر نے ڈسا کہ بغل میں کھٹمل رینگا۔ بل کے بل دھیان بٹ گیا۔ اور وہی میں دھیوت ایک بال برابر دب گئی۔ وہیں حضور آنکھوں ہی آنکھوں مسکرائے، اور میرے جگر میں جیسے کسی نے چٹکی لی۔ سُر تو خیر شدھ کر لیا۔ پر قائل ہو گیا۔ کان پکڑ لیا۔ کیا معنی کہ قسم ہے کفش مبارک کی میں نے دل میں کہا جھجو بندے دیکھ، اسکو کہتے ہیں کان کی روشن ضمیری۔ اور غضب تو دیکھئے سنگت میں کون؟ سدھار خاں جی کے خاص الخاص پروتے یہ فدن خانصاحب۔ ہاتھ یہ ان کے سرسوتی کی چھایا ہے خداوند۔

آج ماراہی تھا۔ غلام ہی تھا جو بنپ گیا، اور بڑے جیوٹ پن سے لے کو سادھے رہا۔ ورنہ بڑا ایکٹ ٹھیکا باندھا تھا خانصاحب نے ۔ دو استھانوں پر تو وہ آڑ کیوا اڑسے آئے کہ چھکے چھوٹنے لگے۔ سنبھلا استاد کا نام لے کر، سرکار تگن سے بڑھ کر چوگن میں ڈوبا تو قدموں کی برکت سے وہ نکلا لہرا کے۔ پر حضور کیا سکھی رسیلا ہاتھ پایا ہے۔ اس پہ لے داری، بولوں کی صفائی! اے سبحان اللہ! میں تگن کروں اور دیکھتا جاؤں، ایک ایک پر کارسے ناپا ہوا، جیسے قینچی سے کتر رہے ہوں۔ کہنے کو کمّو خاں کے ہاتھ میں بھی بجلیاں تڑپتی تھیں۔ ان کے بائیں کی گمک سرکار، ویسی دیکھی نہ سنی! سیدھا وہ ماشا اللہ! جوڑی لے کے بیٹھتے تو پتہ نہ چلتا کہ گا کون رہا ہے، بجا کون رہا ہے۔ ٹھیکا نہیں بجاتے تھے۔ راگ گاتے تھے، یہ مرتبے تھے اُن کے۔ پر سدھار خاں جی، اُن کے ناؤں کے بلہاری، کیا آبرو بخشی ہے اس موئی کھال کو، پکھاوج تراش کر طبلہ بنایا، بول بانٹ کر کے دو قاعدے بجائے، بھول گئے بھوائی مہراج کھڑے اور پرنیں لے کے شہنشاہ تھے وہ شہنشاہ۔ یہ فدن خانصاحب اُنہیں کے پروتے ہیں۔ اٹھارہ ہزار ٹھیکے انگلیوں کی پوروں پڑے کھیلتے تھے۔ ہائے واللہ یقین مانئے گا اِن آنکھوں نے دیکھا ہے کہ گھر سے کسی کام کو نکلے ہیں، عالم یہ ہے کہ کبھی آڑے چوتالے میں چل رہے ہیں تو کبھی سول فاختہ میں قدم پڑ رہا ہے۔ یہ چلتے چلتے کوئی ٹکھڑا یاد آ گیا۔ اب جو قدم اُٹھتا ہے تو واللہ کفشوں کے نشان سے حساب لگا لیجئے کہ خانصاحب درت لے میں گئے ہیں یا مدھیہ میں۔ جگ جگ جئے نام اُنکا۔ یہ کیا کسی دن حکم ہو نہیں دو گتیں عرض کروں، امینڈ ماند

کے جوہر ملاحظہ ہوں، معلوم ہو کوئی سُروں کے پینگ دے رہا ہے، میاں کی ملہار، اور کانھڑے کا وہ رنگ جمے، کوئی کہے مُحمّد شاہ پیا کی سواری چلی آرہی ہے۔ قربان جاؤں استاد کے۔ ریاض چھوٹا ہوا ہے، پھر بھی جوڑے کی تیاری اس بلا کی ہے، بجاتے بجاتے ہاتھ سیدھا کر دوں تو جان پڑے نگی گونج رہی ہے۔ کان میں کوئی پھُروری کر رہا ہے۔ در و دیوار پہ مستی چھا جائے، مسند پہ نیند آنے لگے۔ اب فدوی کورنش عرض کرتا ہے پھر حاضر ہوگا اللہ سلامت رکھے!